本物のおとな論

人生を豊かにする作法

Toyama Shigehiko
外山滋比古

海竜社

はじめに

あるとき、雑談をしていた仲間のひとりが、〝このごろ、大人がすくなくなってきたのではないでしょうか〟と言ったことばにつよい印象を受けた。たしかに、そういう気がする。それから、ときどき、この問題を考えるようになった。

なんのかんのと言うけれど、世の中、すこしずつ良くなっている。教育も普及して、高等教育を受ける人がおびただしく増加した。めでたいことずくめのようなのに、いつまでも一人前の人間にならない大きなこどもがふえた。

それは当り前である。学校は、生活を停止して知識を教えるところで、何年、学校にいても生活経験はすこしもふえない。

大人は生活経験によってみがき上げられるものだから、学校を出た人が生活に欠けるのはむしろ当然。いつまでもこども的である。大人になれない。

それに家庭が豊かになった。こどもがすくなく、ひとりっ子がふえる。子だくさんの家庭で、もまれるようにして育つ子は、早く大人になることができるが、〝ハコ入りこども〟よろしく大事に育てられたのでは、そもそも、生活がないのである。いつまでたっても大人になることが難しい。

かつては、若いうちに大人になることができたけれども、いまは、そうはいかない。心ある人は中年になりかけるところで大人になろうとする。大人の年齢がそれだけ高くなったということもできるが、長生きできるようになったのだから、大人の年齢が高くなっても、心配することはないかもしれない。

問題は、中年になっても大人になれない人たちがすくなくないことである。

大きなこどものまま老年を迎えればどういうことになるか。すでに一部ではそれが現実になっている。決してよい高齢者だとは言えない。

手おくれになる前に、大人になる努力をはじめなくてはならないが、多くがうっかりしている。

生活経験をふやすのは、意外に困難で、ちょっとした心がけくらいでは、どうすることもできない。

災難、不幸、病苦などはきびしい経験を与えてくれるけれども、できたら、そういう負の経験ではなく、苦労による経験拡大の方途をさぐるのが、知的人間の生き方である。

大人たる、やはり、難し、か。

二〇一六年　八月

外山　滋比古

目次

Ⅱ 大人の会話

Ⅲ　大人の作法

Ⅳ　大人の育成

Ⅴ　大人の愛情

Ⅵ　大人の苦労

Ⅶ 大人の知性

装幀　川上成夫
写真提供　朝日新聞社

Ⅰ　大人の生活

つつしんで歩くのが大人である

歩き方は人をあらわす

学校に勤めていたときのことである。

長いこと定員の都合で、助教授に留めおかれていた同僚がいた。

やっと昇任がかなって、ひそかに祝福していたが、どうも、様子がおかしい。歩き方がそれまでと違うのである。えらそうに歩く。手のふりも大きい。大手をふっているということばがあるが、それほどではないが、どこか、えらそうである。

それで、人間は、身分が高くなると、えらそうな歩き方をするらしいことに気がついた。

同じころに、関西の教育関係の出版社の東京支社へときどき出入りしていた。支社とはいっても、社員は十名足らず、Nさんがいちばん年上なのであろう。仕事の相手をしてくれた。年に数回、行った。

あるとき、行くと、いつものように、Nさんが出迎えてくれた。それはいいが、どうも様子がいつもと違う。手のふり方が大きいような気がした。大股に歩く。堂々としている。

それでピンときた。

「ご栄進、おめでとうございます」とあいさつすると、「どうして、ご存知ですか……」とNさんは、うれしそうに照れた。支社長になったのである。

支社長になれば、支社長らしい歩き方をする。別に意識しているわけではないだろうが、体が勝手にうごくのであろう。

歩き方はなかなかデリケートなところをあらわす。長のつく地位にある人たちは、たいていそれらしい歩き方をする。

本人は気がつかないが、ひとのことはよくわかる。賢人は、歩き方をつつしまないといけないのだろうが、そんなことにこだわるのは変人かもしれない。

日本人は歩き方を知らない

いまの人はたいていクツをはいているが、昔から日本人はクツをはいていたのではないことははっきりしている。

戦争が終ったとき、クツをはいていたのは学生、兵隊、役人、サラリーマンなど少数派。地方の女性では、女子学生をのぞけばほとんど見かけない。

みんなカラコロと下駄《げた》をはいていた。こどもはズックの靴をはいたが、クツではなく、足袋《たび》のようなもの。雨が降ると、女の人は高下駄をはいた。

外国のまねが高級だという錯覚が、下駄は古くさいと思われた。わけもなく、クツに足をつっこんで喜んだのは幼稚であった。クツは空気の乾いたところでの履きもの。

日本のような高温多湿の風土にはなじまない。そんなことを注意する人もなかったから、おびただしい人が水虫にやられた。

下駄なら水虫の心配はない。それでなく、足の指をいくらかはたらかせて、健康的である。ダテにはいていたのではない、合理的だったのである。

ただ、歩くには、クツが勝っている。見ていても美しい。クツをはく人たちは歩くことを大事にする。散歩のおもしろさを発見したのもクツ社会である。クツのない日本では、ワラジをこしらえて、旅をしたが、歩くおもしろさに達しない。

明治になって日本へやってきたイギリス人が、歩いてみせたが、日本人が散歩を解するのに百年近くかかった。不様《ぶざま》な歩き方をしてもしかたがないか。

なれないクツをはくのだから、こどものときに、歩き方を教える必要があったのに、だれも、それに気づかなかった。考えてみるとお粗末《そまつ》である。

文明開化のダンスは習ったが、正常歩ということすら知らなかった。

いまでも、学校の体育の教師で、歩き方を教えられる人は例外的である。

歩き方のわからない社会である。

クツをつくるところが、外国のものの見よう見まねでつくるから、足によくない。女性のハイヒールをこしらえたのはいいが、カカトに力がかかる歩き方をしている日本には適合《てきごう》しない。

及び腰になる。かすかだが、腰が引ける。これがひいては、腰痛をおこす。日本女性で腰痛に苦しむ人が二千八百万人もいるというが、クツのつくり方にも責任がないとはいえない。

愚かな歩き方をする男と女

ひところ、ハイヒールをはいて、地下鉄などのエスカレーターを走り降りる人が、ケタタマシイ音を立てて、まわりを圧倒した。うるさいのを我慢すればいいが、ああいうことをすれば、頭が悪くなる、ということは考えなかった。

人間がすばらしい知的活動ができるようになったのは、直立歩行のおかげである。

頭が安定するから思考ができる。

四足動物のように歩いていれば、頭はたえず揺れていて、考えたりしていられない。人間は、いくつもの関節で、ショックを和らげて、安定した頭脳活動ができるようになった。

ハイヒールでカカトに力を入れて歩けば、頭へよくない振動が伝わって、頭のはたらきを悪くする。愚《おろ》かな歩き方というわけである。

そんなことを考えたわけではあるまいが、近年、急に、ケタタマシイ、ハイヒールがへってきたようで、やれやれと思っていると、新手があらわれた。

男たちである。いい年をしているくせに、若ものみたいに、ドタドタとまるでシコをふむように、エスカレーターをのぼっていく。階段はひびかないからいいが、金属のエスカレーターではバカみたいな音を立てる。

そんなことをしていては、コンピューターに敗ける、ということを教えるところがほしい。

散歩の習慣が大人をつくる

こうなったら、めいめいで工夫するしかないだろう。歩くのが健康によい、というのでヤミクモに歩き出したが、いい加減な歩き方では、いくら歩いても、効果は上がらない。

まず、歩幅。大きすぎず、小さすぎず、疲れのすくない歩幅を自分で見つける。歩くのは足だが、大昔のそのまた大昔、人間は手も使って歩いていたらしい。手をふって歩くかと言った。大手をふるのはよろしくない。このごろ、若い人で、両手を外側へふって歩く人が目につく。いかにも威張《いば》っているようでおかしいだけではない。人ごみのところでは人にぶつかるおそれもある。

それよりもっといけないのは、ほかの人の行く手を直前に横切ることである。スレスレ、ときには体が触れることもある。たいへん危険である。相手が悪いとトラブルになることもある。

あるアメリカ人の書いたエッセイに、日本人はわけもなく、人にぶつかってくる。狭いところでなく広々としたところでも、わざと？　近寄ってきて、ぶつかる。危険だ、というのである。これも、恥かしい話である。ぶつかっても、ごめんなさい、失礼、とも言わない人がすくなくないのも恥かしい。

ただ、歩けばよいのではない。

ひとの迷惑にならず、危険のすくないところを、マイ・ペースで歩く。それには朝、早朝の散歩がもっともよいように思われる。散歩道をきめておくのである。

歩行は、その人の人間の生き方にもかかわる。その人の、ものの考え方にもかかわりがあるように思われる。散歩によって、にぶい頭脳のはたらきをよくすることも可能であるように考えられる。

ギリシャの学者が、歩きながら哲学を論じたという。カントも散歩を日課としたといわれる。

われわれ凡人《ぼんじん》も、徒行によって、大人になることができるのではないだろうか。

自分のスタイルを持つのが大人である

スタイルは服装だけのものではない

スタイルということばを知らない人はないだろうが、よく知っている人はすくない。不思議なことばである。

戦後間もないころの話である。

後に評論家として活躍することになるH氏が、大学の卒業論文を提出した。受付けた文学部の事務職員が吹き出した。なにがおかしい？　とたずねるH氏に、女子職員が、男性なのに、しかも、文学部の学生なのにファッションの研究論文を書いたりしておかしい、と言ったそうだ。H氏の論文は、「スタイル研究」というタイトルだったのである。

H氏は大いにくさったらしく、そのことを後に文章にしたので、われわれの知るところとなった。

そのころ、スタイル研究は、文学において新しいテーマであった。もちろん、外国の影響があってのことだが、やたらとスタイル研究の論文が書かれた。

借り入れた概念である悲しさで日本人にはスタイルというものが、よくわからなかった。いまだってよくわかっているとは言えない。

辞書を見ると、スタイル（style）姿、かたち。〔狭義では文章・服装・建築などの様式を指す〕（新明解国語辞典）とある。

日本では服装についてスタイルということばが使われることが多く、ファッションのことしか考えない。女性の文化をあらわすことばである。

ヨーロッパの考えるスタイルは、様式が中心であって、服装はこの次になる。建築では、重要な概念である。文学では、「スタイルは人なり」（ビュフォン）という有名なことばがある。これを「文は人なり」と訳して広めたのは、あるいは、誤りであったかもしれない。文はスタイルと微妙に違う。

日本人は、「スタイルは人なり」のスタイルをあいまいに解してきたのかもしれない。スタイル研究も見るべきものがすくない。かいなでの研究者が、作家のスタイルを研究しても、見るべき成果を上げ得なかったのは是非もない。

さきの辞書に、スタイル・ブックという語を収録し、「洋服の新しい型を開示した本」という記載があるが、大きな印刷所が作っているスタイル・ブックは、活字見本であることは、書いてない。

つまり、スタイルは、目で見ることのできるものについての様式である。文学作品、文章はカタチはもっているが、建築や服装のように目で見るわけにはいかない。文章のスタイルは、いわば比喩的《ひゆてき》である。

文章にスタイルがあるなら、考え方、思想にもスタイルを考えてよいだろう。同じ思想においても、人によって個人差、ニュアンスが異なる。そこに注目すれば、思想のスタイルがあってよいことになる。

考え方にしても、一人前の人間は、おのずから、個性的な特性をもって考える。思考のスタイルがあると言ってよい。

日本はこども社会である

様式、個性は一日にして成るものではない。習慣から生まれる個性、と言ってもよい。このごろはそんなことはなくなったが、かつては、作家によって、作品ごとに、スタイルが新しくなっている、ということを肯定的に見る傾向があった。

スタイルがわかっていないのである。一作ごとに作風が変るようでは、スタイルが欠けているのである。生涯不変、というわけにはいかなくとも、五年や十年は続くのでないとスタイルとは言えない。

日本の近代文学は、しっかりしたスタイルをもっていなかったのかもしれない。外国のものを翻訳していては、スタイルなど生まれることは難しい。翻訳でなくても、模倣していることにスタイルは生じない。

明治以降の日本文化は、スタイルの欠如を特色としていると言うこともできるかもしれない。個性的でなく、常識的であり、生活的でなく、観念的である。

スタイルの欠如は、思考においてことにいちじるしい。めいめいが自己責任のもとに、感じたり考えたりするのが不安である。

権威のある、あるいは流行の考え方、見方を借りてくれれば、孤立する心配がなくて心丈夫である。同じような本を読んで同じようなスタイルを身につけて、思想ができたように錯覚、同士がたくさんいるから、こわいものはない。

思想家、知識人といわれる人たちにおいても自己責任の個性、自我のスタイルをもつことは極めて稀《まれ》である。党派を組んで言論を牛耳《ぎゅうじ》ろうとする。

個性も独創もスタイルもどこかへ置き忘れていて、思想、思考、知識を論じるのは、未熟である。そういう反省もないのは大人の社会ではない、と言ってよい。

自分の頭で考え、自分の生活で試行錯誤の末に到達するところに、その人間のスタイルがある。友もなく孤立、いちいち自己の判断によって生きる。そういうところから、スタイルが生まれる。

知識ではなく生活が人をつくる

スタイルを真似ることはできるかもしれないが、もらうことはできないということを、日本人はいまなおよくわかっていない。アメリカ人が、日本人のことを、〝物まねザル〟（コピー・キャッツ）と呼ぶのはおかしくない。すくなくとも、〝日本人は十二歳のこどもだ〟などというのより偉い。

いちばん大切なのは生活のスタイル、ライフスタイルだと思う。

学校ですごす期間が、戦後、いちじるしくのびた。そのことをさも進歩であるように考えるのは浅慮《せんりょ》である。

戦前は大部分のこどもが、小学校六年だけの教育を受けた。中等学校へ進むものはクラスで二名か三名であった。それが、いまは、義務教育だけで九年。高校は九十何パーセント、大学へ入るのが五十パーセントを超えたという。

喜んでばかりいられない。学校で勉強している間、こども、学生は生活を半ば停止している。いくらか知識を身につけても、人間として生きる時間がすくない。本だけ読んでいては生きることがわからない。友だちも同じような生活欠乏である。

人間らしくなるのに遅れるのは是非もないが、それを進歩のように考えるのは、幼稚である。知識メタボリック症候群がおびただしくふえていることに、目を向けるものもない。

すこしくらいスポーツをしたくらいでは生活能力を高めることはできない。学校ではできない経験、苦労をすることができない。いつまでも、こどもである。人間として大きくなれない。

みんなで渡れば……ではないが、大人になりそこねる人間が空前のペースでふえている。だんだん、こどもの国になっていきそうである。

スタイルとは人柄である

いまもっとも大切なのは、めいめいが、しっかりしたスタイルをもって生きる努力である。

不自由、苦労のすくなくなっている現代において、きびしい経験によって堅実なスタイルを身につけることはかなり難しいことになっている。

自由にのびのび、気ままに生きることができる恵まれた育ち方をする人は、自己を律することがすくなく、わがままになりやすい。

苦い経験、くるしい仕事をくりかえしているうちに、おのずから、生活のかたちが定まってくるのだが、苦労知らずの生活では、生活のスタイルができにくい。

忙しくない人は、仕事のスタイルをつくりにくい。

ブラブラしている人間には、生活のスタイルができない。

忙しく、つらい仕事を夢中になってやりとげているうちに、おのずから、スタイルができる。

人はそれを人柄というかもしれない。

大人といわれる人はそれぞれのスタイルをもっている。

スタイルのない生き方をしているのは大人ではない。大きなこどもである。こどもはスタイルをもたない。

「私」を消すのが大人である

主語がない日本語はおかしいのか

「おい、と言ったが、返事がない」

夏目《なつめ》漱石《そうせき》『草枕《くさまくら》』はこの書き出しで始まる。いかにも、しゃれている。ところが、主語がない。だれが言ったのかわかり切っているから、言わないのである。この小説には、こういう主語の出ていない文章が多い。冒頭から何ページもの間、ひとつもない。

英語などで、すべてのセンテンスには主語があると教えこまれたものから見ると、こういう主語のない文はおかしいと見える。アメリカ人は率直だから、ハラを立てる。もう五十年ちかく前のことになるが、アメリカの代表的知的週刊誌「タイム」が日本文化大特集をしたことがある。

その言語のページに〝悪魔《あくま》の言語〟という見出しをつけた。ことばは神のつくったものだが、日本語は悪魔のことばだというのである。

その根拠の最大が、主語の第一人称を使わないことだという。

ないから使えないのではない。あるのに使わない。ひとつではなく、いくつもあるくせに使わない。

ヨーロッパのことばでは第一人称単数はひとつとされているのに、日本語はいくつもある。わたくし、わたし、ぼく、おれ、自分……など。そのくせ、それを抜かした文を平気で書いている。〝悪魔の言語〟であるというのだ。

もっとも、このことば、アメリカの「タイム」がつくったものではなく、昔のカトリックのを借りたのである。

はじめて、日本へ布教におとずれた宣教師たちはよほど日本語の難しさに苦しめられたのであろう。ローマへ、日本語は悪魔の言語であると、報告した。その尻馬にのって、ろくに知りもしない外国語を論じようとするのは、あわれむべき知性である。

英語だって、主語を落すことがあるのを忘れている。日記の文は、第一人称主語（I）を落す。第二人称の主語も、命令形では出さない。

わかり切っていることは言わない

日本人は、大人である。お前の国のことばは悪魔だぞ、などと言われたら、怒るのが当り前である。

わけのわからないこどもは怒ることはできないが、普通の人間なら、おもしろくないどころか、とんでもない言いがかりに反撃に出るのが筋である。

ところが、日本人は、平然としてその言いがかりを聞き流した。外務省にも文化を扱う部局があるはずだが、ひとことのコメントも出さなかった。国語研究所は日本語の研究をしている国立機関であるが、お前の国のことばは悪魔のことば、だと言われても、眉《まゆ》ひとつ動かさなかった。いずれも大人だからで、そんなことを騒ぎ立てるのは大人気ないと思っているのであろう。

わかり切っていることを言うのは蛇足《だそく》である。「行きます」と言えば、私が行くのにきまっている。相手が行くのなら、荒っぽい言い方は、「行きますか」だが、大人のことばは「いらっしゃいますか」でないといけない。

つまり、第一人称中心のことばなのである。いちいち、ことわるまでもないのである。

夏目漱石も、第一人称単数を出した小説を書いた。

『我が輩は猫である』

ここで、第一人称を落せば、漱石が猫になってしまう。

戦後、日本語に第一人称、第二人称がだんだん多く使われるようになった。外国語の影響があるかもしれないが、それだけではなく、自己主張、相手への配慮ということが進んだのかもしれない。

もともと、あまり使われなかったことばだから、なかなか、板につかない。私というのが、代表的、標準的第一人称単数の代名詞だが、ワタクシと四音。いかにも長たらしい。英語仏語などを見ても、みな単音《たんおん》である。

わたしはすこし長すぎる。ぼくは逆に荒っぽい感じ、若ものにはピッタリしても、老人がボク、ボクと言うと少し落ち着かない。

親がこどもを前にして、自分のことを指すことばがない。〝わたくし〟〝ぼく〟などは使いにくい。それで、父親は「お父さん」母親は「お母さん」と言うようになってしまった、人称放棄である。

学校の教師も、自分のことを「先生」と言って、おかしいと思わない。相手の呼ぶことばを先どりした語法で、かなりユニークだと思われるが、おかしいと言う人もないようである。

場面にあった呼びかけがある

相手を呼ぶ第二人称もやっかいである。

「あなた」が標準的であるように思われて、だれかれかまわず〝あなた〟と言っているが、もともと、目上の人には使わない「あなた」である。気を悪くする人がいまもかなりある。関西の人の好む〝あんた〟は、仲間ことばでもっとおもしろくない。

学生たちは、〝あなた〟は使わない。〝キミ〟は年下には使えるが、年上には使えない。そこで、女子学生は年下の男子には〝くん〟年上には〝先輩〟という呼び方をつくり出した。

商売をする人はお客に対して、第一人称単数を使わない。ひとりでも複数の形をとり〝わたくしども〟という。さらに〝手前ども〟の方が親しみやすい。

選挙のとき、候補者が街頭であいさつをする。

わたくしが○○○○です（A）

というのもあれば、ていねいに言っているのだろうが、
　わたくしは○○○です（B）
というのもある。どちらがいいか、聞くまでもない。Aは、いかにも威張《いば》っている。Bはひかえ目ではあるが、いかにも弱々しい印象である。つまり、どちらもダメである。名前を覚えてもらいたいから、名前をくりかえすのは幼稚である。名前を連呼するのが宣伝カーの常であるが、いかにも知恵がない。
　どうしたらいいか。
「いいお天気ですね。お元気でいらっしゃいますか……」
などと浮世ばなれしたことから入るのである。
　手紙を書くとき、用件に入る前に、〝風かおり青葉かがやく季節となりました……〟などというあいさつをするのがたしなみとされてきた。いろいろと古いことがすたれていく中で、この時候のあいさつをする人はすくなくない。〝わたくしは○○です。〟などで始まる未知の人からの手紙は読む気がしないという人もある。

第一人称はなくていい。ない方がいいことが多い。個人の権利がやかましく言われるようになっても〝去私《きょし》〟の心は健在であるように思われる。

俳句は最高度の言語感覚から生まれるものである。

アメリカなどが真似しようとしているらしいが、ひとの国のことを、わけもわからず悪しざまにケナスようでは、バイクはできてもハイクを作ることはできない。

浜までは海女《あま》も簑《みの》きる時雨《しぐれ》かな　瓢水《ひょうすい》

は、おそらく、最高の詩であろうが、はっきりした主語が感じられないようになっている。

「私」など顔を出す余地のない言語世界である。

II 大人の会話

落ち着いた声で話すのが大人である

仲間といっしょだとうるさくなる

大通りの一本中側は飲み屋が軒《のき》をつらねている。

ところどころ電柱に貼紙がはり出されている。

「近所が迷惑しています。静かにしてください」

古びたもの、新しいの、いろいろだが、文句はだいたい同じ。会社帰りの連中が立ち寄って、どこの店も満員。なかなか出てこないから、その間、路上で叫び合うようにしゃべるのであろう。近所がたまらず貼紙をしたというわけ。

　こういうところへ来るのは、三十前後の人たち。いっぱいやってストレス解消といきたいのが多く、店がすくなくて、どこも満席。みんなで、ワイワイやっていれば、待つのも苦にならない。

　やり切れないのは、近所の住民である。毎晩さわがれて、ゆっくりできない。貼紙となったのである。

　それが一向《いっこう》ききめがないらしいから、どの電柱にも貼紙がしてある。それを横目にさわぐのもまたおもしろいかもしれない。

　そういうサラリーマン、こどものように高い声を出すから、うるさいことおびただしい。本人たちは、そんなことを忘れて、ワメキ散らしているから、いくら待たされても平気である。

　ひとりでなく、仲間といっしょだと、声が大きくなるものらしい。

　こちらはデパートのエレベーター。

　珍しくエレベーター・ガールがいるが、客はそんなことにかまっていない。買いものするのはたのしいが、ことに仲間がいると、お祭へ行くみたいに興奮する。中年の婦人が四、五人、同じハコにいて、なにやら大声でしゃべっている。うるさいなと思うが、よそのおばさんを叱るわけにもいかないし……。

すると、突然「お静かに願います」というエレベーター・ガールの声がした。階数を告げる声が、ききとれないのに業《ごう》を煮《に》やした覚悟の号令である。

おばさんたち、虚をつかれて、シュンとなり、案内嬢の背をにらみつけているみたいであったのがおもしろかった。

ほかの客の中には、ニンマリしたのもいたようだ。

うるさいおばさん（失礼）は、やはり大人になりそこね、である。

うちではモットもらしい声を出しているのだろうが、デパートで買いものをするのは格別だ。

おとなしくなんか、していられますか、というのであろう。淑女《しゅくじょ》は、処《ところ》によって、声が変るらしい。

知恵のあることばには低い声が似合う

だいたい、人間は、年齢が高くなるにつれて声が低くなる。生まれたばかりの子はことばを知らないから、カン高い声で泣く。幼稚園くらいになると、だいぶ、声が低くなるが、それでも、たいていは、キンキン声に近い。

小学生より中学生は声が低い。男子では、早々と声変りするのもあらわれる。高校生では多くが声変りし、声変りのない女子よりはっきり低い声になる。大人になるには、もう一度、声変りがあるようで、いっそう重々しい声になる。もっとも、声変りしない男性も稀《まれ》にないわけではない。遠縁になる八十をとっくに超えたじいさんがいる。この人は声変りをしなかったらしく、いまでも、女学生のような声を出す。電話でキンキン声を出すから、てっきり、若い女の人かと思うと、じいさんであったりしておどろく。何度もだまされるのである。

一般に、声は高い方が美しいと思われているようで、歌曲でもソプラノがいちばんのように思われる。男性のテノールはとても及ばないと考える人が多い。若ものの感覚である。年をとると、高い声が、うるさくなることがある。神は高い声を好まれるのか。

浮世ではしかし、低い声がよろこばれる。あたたか味があるのかもしれない。親しみを感じやすいかもしれない。

イギリスの元首相サッチャー女史がまだ中堅政治家だったころ、専門家から、声が高すぎる。低く下げれば、イメージがよくなるというアドヴァイスを受けて、六ヵ月だかかけて、声を低くすることに成功した。

そして、次の選挙からさっそく効果が出た、と本人が、自伝の中で明かしている。低い声の方が説得力があるというのである。

戦時中イギリスのチャーチル首相は、毎週ラジオを通じて国民によびかけ、戦意を昂揚させたという。名スピーチだったが、決して叫んだりわめいたりすることなく、じゅんじゅんと語り国民の心を熱くした。

戦争が終った。名物の国会議事堂がドイツ軍の空襲で大破、復旧することになった。かねて手狭であると言われてきた議事堂である。この際に拡張しようというのが大方の意見であった。

それに対して、チャーチル首相が、待ったをかけた。議場を大きくすれば、演説をするのも大声をあげなくてはならない。

大声でわめくことばでは知恵のあることを言うことはできない。不便でも、議場は狭いままでなくてはいけない。そういう首相の主張が支持されて、もと通りの議場が再現されたという。

そのころ、日本では、学生も組合も、みんなデモをかけ、叫びながら街をねり歩いていた。叫ぶことばで知恵のあることを言うことができないと思う人もいたに違いないが、口にすることはできなかった。のん気な学生などはわめく中に自由があると、本気で考えていたのかもしれない。

大人は考えながら話す

大声で叫ぶようにしてしゃべる人は、たいてい、考えないで、ひとのことばを借りているのである。偽りもののセリフだから立て板に水のようにしゃべりまくることができるのである。

大平正芳《おおひらまさよし》元首相は口べたな政治家と言われていた。たえず、ことばに詰《つ》まり、アーとかウーとかをはさんで、しゃべる。立て板に水を雄弁と思っている人たちから、バカにされたりからかわれたりした。

亡くなったあと、野党の人が大平さんのスピーチの録音を点検した。そして、おもしろいことを発見した。笑いものにされた、「アー」とか「ウー」とかの合いの手をとると、ほぼ完全、正確なセンテンスになった、というのである。

大平さんは、考え考えしゃべっていたのである。それをバカにした人たちは恥じなくてはならない。

立て板に水のしゃべり方は、多くは知性の欠如による。考えないでしゃべるから、スラスラ話せる。考え考え話せば大平式になるのである。

イギリスの名門大学、オックスフォードには新入学生をきたえる上級生の訓練がある。

はっきりものを言い切らない。モゴモゴしゃべる。そして、終りは、〝でしょ？〟"isn't it?"をつける。そういう話し方が、オックスフォード・アクセント（オックスフォード式しゃべり方）といわれる。

それができるようになると、一人前のオックスフォード学生というわけである。

もちろん、低い声である。大声禁物。

考えながら喋るのが大人である

生活のテンポはところによって変る

かつて、アメリカの社会学者と日本の社会学者でカケをした。

——世界でいちばん生活テンポの速いのはニューヨークか東京か。

というのである。アメリカの学者がニューヨークが世界一、テンポが速いと言い、日本の学者が、東京の方が速いと言った。実測して、負けた方が、ディナーをごちそうするというカケであった。

実際に調べたところ、ニューヨークより東京人のテンポの方が速かった。日本の学者はごちそうをせしめたが、あと大阪で同じ調査をしたところ、大阪の方が東京よりもさらに、テンポが速かった、という。大阪は世界一、セッカチということになる。

ところによって生活のテンポは違うらしいことをわれわれは知らない。同じ東京、大阪にしても、テンポの速いところと、そうでないところがあるに違いない。

地域だけでなく世代の違いもある。

房総《ぼうそう》を特急列車で移動したときのこと。季節外れのせいか、ガラガラに空いていた。近くのボックス二つに、運動部らしい学生がにぎやかにやっていた。

ある駅に停車して、しばらくすると、ひとりが、「あっ、着いた！」と叫ぶ。みんな大あわてで荷物をもつと飛び出して行った。網棚《あみだな》にのこっている荷物の主はトイレにいたらしい。降りそこねてべそをかいた。ほかの連中も連中である。なぜ、助けてやらないのか。チームワークのない選手では、試合で勝てるわけがない。

それよりも、降りるのを忘れているというのがおかしい。ひとりだけではない、七、八人もいる。

どんなおもしろい話をしていたのか知らないが、みんなが降りるのも忘れていたというのは、いかにも不思議である。

だいたい、いまの人は、乗るときは目の色を変えて、すこしでも早く乗り込もうとするのに、いったん車内へ入ると、足をとめて、後ろの人のじゃまになる。

空席をねらうときの動作は、まことに機敏《きびん》である。前の人を押しのけて空席へすべり込む。しかし、降りるのがノロイ。いつまでも乗っていたいのか。電車が停《とま》っても、じっとしている。

降りないのだろうと思っていると、乗り込む人が座って、発車ベルが鳴り終るころになると、急に、思い出したように、飛び出していく。後ろ姿がおかしい。

大阪へ行っておどろいた。

終点の梅田のひとつ前の駅を出ると、後続の車両にいた乗客がどんどん、前方へ移る。終点に着くころ、後ろの車両はガランドウになる。

東京の乗客はオットリしている？　から、そういう浅ましいことはしないが、どっしりかまえて、発車ベルが鳴り終るころにアワテル。

そんな東京でも、大阪式の乗客もいる。ＪＲ渋谷から出ている井の頭線は、その時間になると学生で混雑する。

しかし、着駅でいちばん改札に近い車両は、ギュウギュウ、すし詰めなのに、終点駅の改札から遠い車両はガラガラである。すこし、浅ましい気もする。

〝ヒマのある人ほど忙しい〟

大体において生活のテンポは文明の進歩に比例するようである。文明がおくれているところでは、時間なんか関《かか》わりがないのである。

私の育ったところは、ふつうの町だったが、戦前、時計のない家がザラであった。町ひとつの医院の息子が、学校の作文に、「うちには懐中時計がひとつしかありません。お父さんがもって出ると、お母さんはもって出る時計がありません……」という文章を書いた。先生もびっくりしたのか、それをガリ版にして、生徒に配った。

こどもたちは、よくわからないが、医者というのは普通ではないと思ったようである。懐中時計なんて聞いたこともない。

そういうところでもたまには、集会がある。

夕方、七時、集合
となっている。しかし時間を問題にするものはない。七時がだいぶ、過ぎたころ、隣りの人が「そろそろ、行くべえか」と誘いにくるという寸法で、のどかであった。

『パーキンソンの法則』という本は、おそらく二十世紀最大の古典であると言ってよかろう。

その『パーキンソンの法則』の開巻一ページに、愛すべき老婦人が登場する。有閑富裕《ゆうかんふゆう》のレイディである。姪《めい》が避暑先から、便りをくれた。その返事を書こうと思ったのはいいが、アドレスがわからない。手紙はどこかへ行ってしまっている。さがし出すのに何十分、文章を綴《つづ》るのにはもっと骨だからなかなか終らない。文章は難しいから書き損じをしたりする。

やっと書き上げる。隣りの街角のポストまで出かけなくてはならないが、傘をもって行くか、行かないかの思案でまた時間を食う。時間はあまるほどあるのだから、一向に構わない。

こうして、手紙一本書くのに半日を費《つい》やす。

忙しい人だったら数分ですますことを、このレイディは半日かけたと著者は言い、〝ヒマのある人ほど忙しい〟ということわざの証明をする。

ヒマな人間には、時間の価値は小さい。どんどんムダ使いできる。多忙な人はトキを稼がなくてはならない。トキは金なり。たまるともてあまして、ヒマつぶしをする。

訪問の作法は文化

用はないが、退屈しのぎに、ひとの家を訪ねるということを考える人が出る。用もないのに、人がやってきては物騒《ぶっそう》だから、訪問の作法を考えたのがイギリスである。

招かれないところを訪ねたら、名札の端《はし》を折って、郵便受けなどに入れておく。

受取人が、いついつおいでくださいと案内を出すと、訪問できる。もちろん、時間厳守である。遅刻しては失礼になる。

会合などに遅れるのはとんでもない非常識である。定刻十分もして、あらわれないと「たぶん、あの方はお亡くなりになって……」と笑い合った、という。

アメリカでそんなことをしていたら、生きていられる人はなくなる。日本からアメリカへ行った人が、七時ごろといって招かれて、七時前に行くと、主人側、大いにあわてる、そんなつもりではなかったのだ。

七時と言ったら、七時半ごろに行くのが常識。定刻などにあらわれた客をどうすればよいかわからない。主婦は、台所で料理づくりに格闘中である。

その昔、召使いがいた時代なら、客の来る前に料理をこしらえることができた。主婦の手づくりだと、そんなに簡単ではない。

しかし、冷めた料理を出したくないというホスピタリティはある。それで遅刻が美徳になる。

日本は、イギリスから鉄道文化を学んだ。十五分遅れても死んだといわれるイギリスである。昔から時間厳守が好きである。鉄道をつくって列車を走らせるにしても、定時運転では世界一である。

それを教えてもらった日本の国鉄はイギリスにまけない定時運転を心がけ、ついにイギリスを抜いた。

アメリカの鉄道が、一時間くらい遅れてもおどろかないという話をきいた日本の田舎のじいさんが、アメリカは、そんなに遅れているのか、とおどろいたそうである。

アメリカの早口文化の真似

日本は明治以来、だんだん早口になってきたらしい。それを実証しようとして、元東北大学教授の土居光知《どいこうち》氏が、こんな実験をしたという。

京都で、三代つづいている家族を選んで同じ文章を暗記し、めいめい声に出して言ってもらう。その時間を計測して、話すテンポをしらべようというのであった。

どのグループも、みな、いちばん速いのが孫世代、ついで、親、いちばんゆっくりしているのが、祖父母だった。

それがいまどうなっているかわからないが土居調査はテレビ普及以前だから、いまのテンポはもっと速くなっているだろう。

早口の流行をもたらしたのは、アメリカのテレビである。早いことばの方がコマーシャル効果が高いということを〝発見〟?して、アナウンサーをはじめテレビは早口競争になった。

なんでもアメリカの真似をすればよい、と思っている日本。

さっそくアメリカぶりをマネた。

早口のタレントが人気をあつめ、早口のキャスターが機関銃《きかんじゅう》のようにしゃべって得意になった。

早口ブームは、三十年くらいつづいたであろうか。だんだん下火になった。いまはすこし時代おくれになった。

自信がないと早口になる

アメリカ人が早口を喜んだのは、早くしゃべると〝知的〟な感じになるという噂がひろまったからであるらしい。

日本人も、ゆっくり話すのは知能が低いように錯覚した。

〝アー〟〝ウー〟といっていちいちことばを切って話した大平正芳元首相のことをマスコミなどがバカにした。ことばが下手だときめつけた。ずっと後年、機関銃ことばを叫んでいた野党の人が、テープをしらべて、おもしろい発見をした。大平さんは、完全なセンテンスをしゃべっていた。いちいち考えているから、支離滅裂《しりめつれつ》のようだが、それをつなげると、みごとなスピーチになる、というのである。

こういうことが注目されるのは、早口ことばの退潮を暗示する。大人のしゃべり方は、立て板の水のようにはいかない。

早口を喜ぶのは、早口になるのは、田舎ものなのである。田舎から出てきて自分のことばに自信がない。間《ま》がもてないからつい、早口になる。

アメリカにも日本にもそういった田舎者がすくなくなった。早口ブームが消えたのは、そういうことばのコンプレックスをもつ人がすくなくなったのかもしれない。

大人は早口でしゃべらない。

よけいな声は出さない。しずかに、笑っている。

アイマイな言葉を使うのが大人である

ハダカのことばはハシタない

東京の人が大阪へ行った。
ある実業家に寄附《きふ》をしてもらう目的であった。
会ってくれた社長は話をよくきいてくれて、
「よくわかりました。考えておきましょう」
と答えた。東京氏はうまくいったと喜んで帰った。
だいぶして、電話した。

「そろそろお考えいただけましたでしょうか」

社長が吹き出しそうになって、

「あなたはんは誤解していらっしゃるようですが、考えときましょう、というのはノーの婉曲《えんきょく》な形なのでして……」

東京氏はひどく恥かしい思いをしながらも、それなら、なぜ、はっきり、そうと言ってくれなかったのか、とうらめしく思った。

東京と大阪ではことばが違うのである。東京のことばは正直で、ありのままをことばにする。大阪のことばは、カバーがかかっている。ほかのことばで包まれている。ハダカのことばはハシタない、のである。

ダメだとはっきりいうのは幼いことばである。むずかしいと思いますが、考えてみましょう、というのは、相手を思ってのやさしさである。

大阪の人は、それがわかるのに、東京の人には通じない。幼いのである。東京の人間は、大阪人をどこか巧言令色《こうげんれいしょく》であると早合点する。

つめたい、堅い、おもしろくないことを、そのまま言うのは正直ではあるが、いかにも乱暴である。それに、やわらかい、快《こころよ》い、さしさわりのすくない別のことばで包むと、ことばの当りはまるで違ってくる。好ましくない摩擦《まさつ》を避けるのは、生活の知恵である。それを認めるようになるには長い洗練が必要である。

洗練された文化の中でアイマイさの美学は育つ

東京にだって、そういうデリカシーがないわけではないが、千年の伝統をもつ関西に及ばないことがあっても不思議ではない。

やわらかい、やさしくて、なんとなく味のあることばは、長い伝統をもっていて、あえて、アイマイなのである。

日本語全体としてみると、ヨーロッパ語に比べて、いちじるしく明晰《めいせき》さに欠けて、アイマイである。明治以来、日本人は、それを論理性の欠如のように考えて、ひそかに恥じてきた。

日本語は論理的でない、したがって、劣っていると、本気に考えた知識人はすくなくなかったはずで、後発文化のせいである。

ありのままではなく、あえて、美しい、おもしろいことばで表現するのは、洗練された文化においてしかおこらない。

頼まれたことをはっきり「ダメです」というのは、正直かもしれないが、バカ正直である。いくらかでも社会性を身につけていれば、そこはボカして「考えておきましょう」とするのは、ひとつの知恵である。

アイマイであるのは、百も承知である。むしろ、そういうアイマイさこそのぞましいと考える。

ヨーロッパでは、ギリシャの昔から、アイマイを悪魔の模様として嫌った。それが二千年もつづいた。

二十世紀に入って、イギリス人のウイリアム・エンプソンが、『曖昧の七型』という本を出すまで、西欧でアイマイが認められたことはなかった。

日本では中世に、アイマイの美学が存在したことを、日本ははっきり評価することがなかった。エンプソンのアイマイの論に喜びはしたものの、なお、論理性に欠けるとして日本語を恥じる風潮は消えてはいない。

ハダカで平気なのは、むかしの田舎のこどもであった。ものごころがつけば、着物が気になる。大人になれば、ときに分不相応の衣裳《いしょう》を身にまとう。

ことばにおいても、それに似たことがおこっている。

幼いものは、ハダカのことばを使って平気である。しかし、すこしものごころがつくと、ことばを選ぶようになる。大人になれば、さらに洗練されたことばのおしゃれをする。このことばの洗練という点において、日本は断然、先進国である。変な劣等感はすてなくてはならない。

アイマイは平和なことばである。論理は攻撃的である。洗練された言語は必然的に婉曲で多義的になる。

やさしい気持がアイマイを生む

日本人は明治以降、欧米文化の模倣をありがたがり、伝統的な文化を見捨て顧《かえり》みることがなく、それを進歩と錯覚《さっかく》した。

戦後、日本語が大きく変った。それを改良だと考えている人がすくなくないが、幼稚である。

たとえば、候文《そうろうぶん》。

戦前のすこし改まった通信、手紙は候文ときまっていた。

文末が候で終るのである。

これは「である」「であった」「です」「でした」などを一字であらわすことができる。いくらか婉曲で、アイマイであるが、なんとも言えない味わいがある。

私は戦前の中学校五年を校内にあった寄宿舎ですごした。家庭をはなれて淋しいだろうと、毎週のように父が手紙をくれた。

それが候文であった。終りは、たいてい「勉学専一に願上候」であった。これが実によかった。

「勉強して下さい」などと言われたら、おもしろくないだろう。「願い上候」と大人扱いされて、責任を感じるのである。

言いにくいことも、候文だと、書きやすいのである。昭和天皇に仕えた入江侍従《いりえじじゅう》長《ちょう》がエッセイで、面と向っては言いにくいことでも、候文の手紙ならすらすら書ける。断わりの手紙は候文にかぎる、という意味のことを書いていたのを読み、やはり人生の達人だったのだと感心したことがある。

こどもはひとのことに構わない。天真爛漫《てんしんらんまん》である。

いくらか苦労し、経験をつむと、自分勝手では見苦しいと思うようになる。ことばの使い方も、相手の思惑を考えるようになる。想像力がはたらく、思いやりの心がうごくことになる。

わざとわかりにくい、不明瞭《ふめいりょう》なことばを使うのは、相手へのやさしい気持であるからで決して、ことばがおくれているわけではない。
アイマイの美学は一日では生まれない。
洗練という伝統の中でみがかれてはじめて輝くようになる。

Ⅲ 大人の作法

ことばを包むのが大人である

日本人の〝包む〟文化

こどもに勉強を教えていたFさんが、外国人に日本語を教えることを始めた。なれないこともあって、まごつくことが多かったが、いちばんびっくりしたのは月謝である。日本のこどもは月末になると、封筒などに入れたお金をもってくる。

ところが外国人は、むき出しの金を差し出す。はじめは、手が出なかった、とFさんはいう。外国人の方も、なにかおどろいているようで、おもしろくなかった。

それで月謝袋をつくり、それに入れてもってくるようにした。それでも、ハダカの金をもってくる外国人がなくならない、となげいていた。

日本人はものを買うとき、乗物の切符を買うときなど、機械的な支払い以外、むき出しのカネを出すことはない。カネは包むものと決めている。見舞いなどで現金を手渡すことなど、いくら非常識だって、しない。かならず、包み金にする。

結婚祝いはかつては品ものを贈るのがならわしだったが、同じものがダブって貰った人が困ることから、現金を渡すことが多くなった。いくら乱暴な人でも、ハダカの金を出すことはない。

香典は昔から金ときまっていたが、きれいな新券の紙幣では、いかにも、用意して待っていたかのようでおかしい。わざと折目をつけ、手許《てもと》にあったのをとりあえずもってきたように装う。そして、包みの袋にはカネをかける。ごく粗末なのは、中に袋がないが、ていねいなのになると、中に二重の袋が入っている。それほど露骨《ろこつ》になるのをおそれるのである。

品ものを贈るにしてもムキ出しは禁物である。いくら親しくても、ビニール袋に入れたりんごを贈るのは、常識的ではない。わけを話し、失礼を詫《わ》びる。

できれば、化粧箱に入れる。そうすると、ずっと、上等な贈りもののように見える。だいいちあけて見るまで、モノがわからないところがいい。いくら上等でも、ムキ出しでは、失礼になる。さほどでなくても、化粧箱に詰めてあれば、りっぱである。

うちで食べるのなら別だが、マンジュウなどをバラで買うというのは普通ではない。いくらかでも社交的な意味があれば、菓子折にするのが常識である。

やはり、あけて見るまで、わからないところが、床《ゆか》しく、趣《おもむき》がある。菓子折ということばができたわけである。

手紙で伝えるやさしさ

むき出しがはばかられるのは、カネや品ものだけではない。ことばも、ナマでは差支えがあるから、手紙にする、ということがある。すこし古いが、明治の終りごろの話である。当時、名の通っていた平田《ひらた》禿木《とくぼく》という文人があった。

あるとき、雑誌の編集者が原稿の依頼に行った。禿木はすぐ承諾したから、編集者は辞去した。ちょっとよそへ廻《まわ》って帰ってみると、速達が届いている。さっき会ったばかりの禿木からである。何ごとならんと読んでみて、びっくり。さきほどお引き受けしました執筆の件、再考いたしして、お断わりすることにします、おさわがせして、すみませんでした、といったことが書いてある。急に、気が変ったのではない。はじめから書く気はなかったのに、目の前の人に、お断わり、と言うのは忍《しの》びない。ひとまず、承知ということにして帰ってもらう。そして、おっつけて本心を手紙で伝えるというのである。ひと息入れて、ことばをやわらげたのである。

顔をつき合わせているときには言いにくいことが、手紙なら書きやすい（それにしても昔の郵便の速さにはおどろかされる。いまなら、翌日になる）。

やはり、心やさしい、のである。相手につよい打撃を与えそうなことは、なるべく、ゆっくり出す。頭からノー、とやるのは、いかにも気の毒である。

まるで無茶な話でも、のっけに、〝反対です〟などとするのは大人気ない。

「さようですな。そういう考え方も可能でしょう。……」

といかにも、半分承知したようなことを言うが、決して、イエスではない。〝しかし、ながら〟というようなことばをはさんで、すこしずつ、賛成できないことをはっきりさせる。最後は、「どうにも賛成いたしかねます」というようなことになる。

英語なら、まず冒頭で、イエスかノーをはっきりさせる。いったんイエスと言ったものが、終りでノーになったりすることは、あり得べからざることと考える。

それを平気でやる日本人のイエス・ノーはおかしい。非論理的でないと言われてきたのである。論理の問題ではなく、日本人にとっては心理、心情の問題である。

心やさしき日本人は、スペードをスペードと呼ぶことをためらう。模様の花ですとするのが日本式である。

ケンカをさけるレトリックの知恵

心やさしく、気の弱いものは、ハダカを見せることを嫌う。着物を着せれば、ハダカの姿は消える。それでいいと思うのが大人である。ハダカで飛びまわるこどもとは世界が違う。

親しい友人同士が、電話やケイタイでケンカするというのも、間にキカイが介在すると、ことばがむき出しになりやすいからである。顔が見えない分、遠慮がなくなる。もともと、親しい間には、遠慮がないのだが、声だけ伝わる電話では、いっそう遠慮がなくなる。それで、ふだんは言い争うことのない友だちが、ケンカをする。電話の方が、思ったことが言いやすい、ということを知る人は、電話をさける。

むき出し、ハダカのことばは、刺戟が強すぎて危険である。文章よりも話すことばにおいてそうであるが、話し方の訓練を受けていないと、よけい危険である。

日本の政治家は、ことに、ことば、話すことばの難しさを一般人よりも心得ている。話がうまい。人の心をとらえることばを知っている。それでも、ときどき、木から落ちることがある。旅先とか、地元とかで、気を許すと、本音が出る。カムフラージュしてないことばをふりまわすと、〝失言〟になる。いくら親しい人たちの中でも、公人は、むき出しの本音をもらしてはいけないのである。

おそらくもっとも洗練されたことばは外交官の用いることばであろう。へたをすれば、とんでもないことになりかねない。むき出しの本音を言い合えば、ケンカとなるにきまっている。それを避けるには、修辞学、レトリックが不可欠である。文法は知っていても、レトリックを知らなければ、野人である。

外交というような高度に利害のからみあったところで、ことなきを得るには、適当に、ボカし、うまく、かくして、衝突をさけるセンスが必要である。非難する場合ですら、相手を名ざして呼ぶことは不適当である。あえて、あいまいにする。

一般の人間は外交官ではないが、社会が複雑になると、個人の人間関係も、外交に似てくる。

ハダカのことば、むき出しのことばは、いくら文法的には正しくても、よくないことばである。

ことばを慎む――それが大人である。

敬語のたしなみを知るのが大人である

敬語の意味を取り違えている人

戦争に敗けて、すこしおかしくなったのであろう。日本のものはみな悪い、伝統的なものはなくさないといけない、日本はおくれている、外国を見倣《みなら》え、というようなことを、もののわからない若ものだけではなく、れっきとした人、文化人といわれる人までが言う。伝統破壊を進歩と勘違いした。

ことばでは、敬語が目の仇《かたき》にされた。敬語は封建的であるときめて、片端から敬語をつぶした。言語学者も外国かぶれだったのであろう。敬語廃止をリードしていい気になっていた。ろくに日本語を勉強もしないで、外国の本から知識を得た学者などに、モノを言う資格はない、ということを自他ともに気づかなかったのである。

ある女子大学の出している紀要《きよう》に学生が書いている。

「私は、尊敬していない人に敬語を使いたくありません……」

と得意気である。まるでわかっていないのである。敬語は、尊敬しているから使うのではない。ことばのたしなみである。女性で言えば、お化粧である。この筆者は、気に入らない人と会うときには、ふだんの化粧もしないのだろうか。

すこし敬語のことを考えれば、だれから教わらなくとも、それくらいのことはわかる。何百年の間、そういう人たちの間で敬語はひきつがれてきた。

「教授によると、外国には、敬語はないそうです……」

そんな敬語のあるのは恥かしいといった文章がつづいている。外国語の読めない国文学者であろう。ききかじった知識で学生をまどわしている。

敬語は、日本でとくによく発達した語法で、文法の中のカテゴリーになっているが、もともとは、文法、そのものではなく、一種の修辞法である。外国語の文法をまねてこしらえた日本文法が敬語を重視しているのは、むしろ、創意発見であると言ってよいが、外国語にも、相当する、婉曲語法はちゃんと存在する。

中学や高校で学ぶ英文法に敬語がないからと言って、英語に敬語がないと言うのは乱暴で無知である。

大人にはたしなみが必要

敬語はことばのたしなみである。

こどもは、たしなみを知らないから、敬語を使わない。ハダカで走り廻っても愛敬である。女の子でも、化粧はしない。素顔が美しいのである。

たしなみは、社会生活の心得であるから、無人島で生活する人は、天然自然に生きる。たしなみなど不要である。

多くの人と共生するようになると、体裁が問題になる。人に不快な感じを与えるのはいけないことである。ほかの人とぶつかったり、争ったりすることは極力、避けなくてはいけない。それが常識となると、ハダカで飛びまわるのはもちろん、人を傷つけたり、不快を与えたりすることが、よくないことであると考えるようになり、作法が発達する。敬語は、ことばの作法のひとつである。それを心得ていれば、マサツ、争いを回避、軽減することができる。

敬語が発達している、というのは、言語的洗練が進んでいるということで、決して恥じるに及ばない。

敬語に当るものがないのは、進んでいるのではなく、洗練がおくれているのである。農耕民族は定着性が高いためもあって、社会的洗練が進んでいる。放牧、狩猟を主とする民族が、社会的洗練がおくれるのは是非もない。

外国を基本にして、伝統を恥じるのは、後進国のならいであるが、知識人や文化人がいつまでも、世まよいごとを言っているのは情けない。

敬語抹殺運動のおかげ？　で、日本語の敬語はほぼ形《かた》なしになった。新聞なども変なことばづかいをしているが、それをとがめる人もなくて、泰平《たいへい》である。

同じことばのたしなみでも、男性と女性では敬語が変っているのがおもしろい。男は、ことばを飾らない。むしろ、自分の側のこと、ものを低めることに、中心がおかれる。

自分の息子は、いくら優秀であっても、愚息《ぐそく》である。ひどいのになると豚児《とんじ》と呼んだりするが、息子はがまんした。自分の側を悪く言うことが、相手をたたえることに通じるというのである。いくら聡明な奥さんでも、夫は、賢妻などと言えば、正気を疑われかねない。愚妻《ぐさい》ときまっていた。

昔の人たちは、これをことばの上のアヤとして、許した。気にかけるのは野暮《やぼ》だったのである。

どんなりっぱな家に住んでいても、自分の家は拙宅であり、小宅であり、ときには茅屋《ぼうおく》になったりする。企業なども、これに準じて自分のところを低めるのが常識とされる。自分の社のことを、当社などといってはいけない。弊社であり、小社である。

「ご」をつける男、「お」をつける女

何分、自分のものを低めれば、相手を高めることになるというところから、こういう謙譲語が敬語にふくまれるのである。

こういうことばは漢語的でもあるのがおもしろい。女性は漢語をあまり好まない。したがって、豚児も茅屋も女性のことばにはあつかわない。

その代りではないが、女性は身近なものを、ていねいに、やさしく呼ぶことが好きである。

めし、といえば男のことば。ご飯といえば女性のことば。一般家庭では女性が優位だから、

メシを食べよう

などということはない。

ご飯にしましょう

となる。

塩も醤油《しょうゆ》も、味噌《みそ》も呼びすてをしては乱暴であるように感じ、お塩、お醤油、お味噌である。

外来の食べものなどには、この美称の「ご」「お」はつけないことになっていた。おウイスキー、おワインとは言えないが、たえず使っているビールは別格で、おビールという人が出てきた。

ついで、おジュース、おコーヒーなどもおかしくなくなりつつある。なんでも、「お」「ご」をつければいいと思っているかのようである。

男は、「お」をきらう。「ご」ならがまんする。「お酒」といわないが「ご酒《しゅ》」という人はいる。女性も、それにならって、「お酒」といったり「ご酒」といったり。

もともと、「お」はやまとことば系のことばにつけ、漢語には「ご」をつけるのがルールだが、女性のあつかうことの多い食品には、漢語系に平気で「お」をつけ、「お砂糖」「お醤油」を正用にしてしまった。

「コーヒーでしたでしょうか」

そういうわけで、敬語はほとんど消えてしまったといってもよい現代であるが、おもしろいこともないではない。

喫茶店などで、客が席につく、ウエイトレスが注文をききにくる。客が好きなものを伝える。

すると、ウエイトレスが言う。

「コーヒーでよろしかったでしょうか」

客が、変な顔をする。〝よろしかったでしょうか〟とはなんだ、失礼だなどと、口には出さなくても、おもしろくない。

あとで、このことばをこきおろすが、たちまち広まって、識者のヒンシュクを買う。そういう識者だって、よく知らないのである。

「コーヒーですか」ときき返すより「コーヒーでしたでしょうか」とした方が、イミはとにかく、ていねいな感じを与える。

現在形動詞より、過去形の方がていねいであるのは、英語などでも同じである。Will you go? よりも、過去形にして Would you go? とした方が、ていねいな感じになり Would you mind going? とすれば、もっとていねいな感じになる。

つまり、ことばが長くなれば、それだけていねいになるのは、いわば国際的センスである。

「コーヒーでよろしかったでしょうか」

はそう思ってみれば、なかなか、ていねいなのである。

残念ながら、そう考える人がすくなかった。あっという間に、流行は消えた。

言ってはいけないことを知るのが大人である

〝ください〟は命令形

高学歴化社会である。同世代の五十パーセント以上が大学へ入る。九十五パーセントが高等学校へ行く。〝高等〟という文字が空《むな》しくなっている。

かつて、といってもそんな昔のことではない。戦後しばらくのころまで、高校へ進学するものは限られていた。大学へ入るものは数えるほどであった。

高学歴化して、ことばづかいを知らない人が急増した。おかしなことばが流行しても、それをとがめる人もないまま、どんどん広まる。

電車にのると、アナウンスがうるさい。

〝かけ込み乗車はおやめください〟

〝ケイタイ電話の電源はお切りください〟

〝網棚の荷もつにもご注意ください〟

〝ください〟ということばが、ていねいな言い方だと思っているのである。とんでもない誤解である。

〝ください〟は命令形である。……せよ、といった命令形よりはていねいだが、目上の人には使えないことばである。電車の乗客には、使えないことばである。それを知らない人が〝ください〟ことばを乱用させたのである。

悪気があったのではない。知らないのである。

もともとは、主人や主婦が、お手伝いにものごとを命じるときに使ったのが、くださいである。〝しなさい〟よりはていねいだが、見おろしたことばづかいである。

学校はことばを教えるけれども、ことばづかいは教えない。文字の読み書きばかり勉強するが、口のきき方などテストもできないし、点もつけられないから、教える教師はほとんどいない。だいいち教師も、ロクに口のきき方を知らないのである。授業のことばは、沈黙のことばである。話すことばは声のことばである。

学校にながくいればいるほど、ことばづかいがおかしくなる。方言でも、ことばづかいを心得ている人のことばは美しいが、親が都市へ出てきたという都会二世は、まるきりことばづかいのしつけを受けないということもあり得る。

〝ください〟を平気で使っているのも、そういう人たちである。

言ってはいけないことがある

地域差ということもある。だいたいにおいて、西高東低。関西のことばづかいは東京などに比べるとずっと洗練されているのである。連絡船が目的地へつくときに乗客に、注意をしてくれる。〝……危うございます〟という。

関東だったら、〝危険です。ご注意ください〟とやるところである。悪貨は良貨を駆逐《くちく》する、というが、ことばも、悪いものが良いものを追い出す。

　ことばづかいを知らないために、世の中が実際以上に、騒々《そうぞう》しく、うるさくなっているのは是非もないが、学校教育を受けて得意になっている人たちは、もっと大事なことを知らない。

　言っていいことと、言ってはいけないことのあることを知らない。きいたことを、そのまま、別の人にしゃべる。つつ抜けである。

　それがどんなに、いけないことか、知らない人が、かつてより、ふえている。そのために、なくてもいいトラブルをひきおこす。

　こどもなら、愛嬌《あいきょう》である。大人でも責任もなく、何もしないで遊んでいるようなら、やはり、問題ではない。

　社会的に影響力をもった人が、ことばづかいを知らず、言ってはいけないことを、しゃべるのは、はっきりした不行儀である。それによって被害を受ける人があるということを考えられないのは、知性が欠けているのである。

実際におもしろくないことがおこる。例をあげよう。

ある大学のこと。ある学科が教授を求めていた。助教授が、学長のところへ相談にいった。いい人があったら、お願いします。といいながら、○○という人がいいのではないかと言った。学長は学識、経験のある人だが、勉強ばかりしていて、ことばづかいというもののしつけを受けていなかったらしい。

そのあと、すぐあらわれた他学科の教授に、しかじか……と候補者の名をもらした。その教授がまたすこし抜けていた。候補者の著名な評論家について、〝ケンカっ早い〟という噂をきいていたから、考えもなく、そう言った。学長が学科の助教授に、その通りを伝えた。それで、この人事はこわれた。助教授は、候補者のところへ行って、名をあげて、その教授が悪く言ったために、ダメになったと伝えたらしい。

候補者が怒って、新聞に実名入りで攻撃文をのせた。それで、みんな、おもしろくない思いをした。そんなことを書く方も書く方だが、それをそのまま紙面にのせる新聞も、ことばづかいの心得がないといわなくてはならない。

一言が人を殺す

これは田舎の中学校（旧制）の寄宿舎のことである。

Nは、中学二年の少年である。夏休みになって、飛ぶように家へ帰る。翌日、学校長から電報が届く。父兄同伴、即刻出校せよ、というのである。

校長室へ入ると、入口のところで、帽子の校章を外せと命じられる。お前はビールを飲んだ。放校にする、と言われる。

何のことか、まるでわからないNは頭が変になりそうだった。

夏休みに入った翌日、校長が、寄宿舎を見てまわった。ある部屋にビールビンがころがっていた。まだ匂いが残っている。さてはこの部屋のものが飲んだに違いない、となって犯人さがしの会議になった。

その会議に出ていた理科の教師が帰ってその話をすると、奥さんが、「それはNくんだ」と言った。Nはそのすこし前まで、この先生の隣りに住んでいてよく知ってる。

ある日曜、菓子屋でNに会った奥さんが、

「こんどの日曜、大掃除だから、手伝いにきてよ。ここのお菓子をごちそうするワ……」

Nが、よせばいいのに、

「菓子じゃャネ、ビール飲ませてくれればいってもいい」

と冗談でごまかした。奥さんがそれを思い出したのである。理科先生、大喜びで、校長に報告。Nはビールを飲んだことが確定した。

Nの父親が、海軍の予科練に入れます。それまでご猶予《ゆうよ》をと願ってやっと放校はまぬかれた。Nは私のもっとも親しい友人だったから、Nは「おれじゃない、といくら頼んでもきいてくれなかった。しょうがないな」と悲痛な顔で打ちあけた。

Nは難関の予科練に合格、南方洋上で大活躍したらしいが、二年で戦死。

私はずっとNの口惜しさを忘れなかった。四十をすぎたころ、たまたま、月刊雑誌にエッセイを頼まれたので、Nの話を書いた。

雑誌が出てしばらくすると、分厚い手紙が来た。見るとNと同室の上級生で、いまは公務員である。「ビールを飲んだのは、ボクだった」とある。Nのうらみは消えなかったのである。

人を生かすことばもある

私もいい生徒ではなかったが、なんとか五年になった。夏休みが終って寄宿舎へ戻って数日した夕方、校庭で枯草を焼く火を見て、焼き芋を焼くことを思いついた。下級生の室員をそそのかして、芋を焼いた。

焼けたころを見計らって行ってみると、水が打ってあっておかしい。そこへ作業の先生が飛び出してきて、ご用。放火未遂、セットウ罪の犯人にされた。

とても助かるまい。寄宿舎のものはみんなそう思ったらしい。自分も覚悟した。

ところが、いつまでたっても、宣告が出ない。不思議である。主犯の私は退学はまぬかれないだろう。

ある晩、M先生が宿直の日、呼び出しがかかった。観念して舎監室へ入る。

先生は何も言われない。茶簞笥《ちゃだんす》から菓子をとり出し、お茶を入れて、ただ、「食いたまえ」と言われる。そう言われても食べられるわけがない。死刑囚が処刑の直前、煙草を吸わせてもらうという話が頭をかすめる。

「わざわざ買ってきたんだ、食べなさい」と言われる。助かったんだと思ったとたん、目がよく見えなくなった。

すべてずっとあとになってきいたことである。M先生は、とうとう、この問題について何も言われず、半紙に始末書を書かされただけであった。

職員会議で、必死にかばってくださった。それで舎監長一任をとりつけられたらしい。先生もよほどうれしかったのだろう。さきのNがビールの冗談を言った店の上菓子を求めてこられたのである。

七十年前のことである。先生が亡くなられて四十年。

「わざわざ買ってきたんだ、食べなさい」ということばを忘れたことはない。殺すことばもあれば、生かすことばもある。

Ⅳ　大人の育成

団体生活が大人をつくる

少子化の弊害

戦争前は、〝貧乏人の子だくさん〟で苦しんだが、いまは〝こどもが少なくて困る〟時代である。かわいそうなこどももないわけではないが、かつてに比べると、たいへん少なくなっている。

しかし、そういう恵まれた環境がかならずしもプラスにはたらかず、むしろ弱い人間がふえてきた。皮肉なことと笑っていられる問題ではないが、みんなでわたる交差点のようなもの。赤信号が目に入らない。社会はすこしずつ活力を失っていく。

こどもが少なければ、親の苦労は小さくなる。せいぜい、ぜいたくをさせ、かわいがる。よその子はよくない。めったな子と遊ばせないといって、親が公園につれていく。かこい込んだ子は、成長がおそい。自己中心的であったり、わけもなく攻撃的になる。そんなことも気づかないで、こどもを大事にしていると錯覚する。

その昔、結婚前の娘がいると、変なムシがついてはたいへん、というので、外へ出さなかった。それを〝ハコ入り娘〟と言ったものである。

いまの子は、幼くして、ハコ入りこどもにされてしまう。ケンカするきょうだいもいない、友だちもいない。親しか知らないで大きくなる。

不幸であるが、親は、大事にしているつもりである。

かつては、こどもの世界があった。いろいろな子が、広場へ集まって遊ぶ。それがなかなかおもしろい。年上の子から、教わることもある。

木のぼりをしているこどもたちに、年長の子が、「シイの木の横枝にはのるな。太くても折れる」と教える。うっかりした子が、横枝に足をかけると、折れて、落ちる、ということになる。みんな、深く納得する。

仲間ワレのケンカが始まる。ガキ大将が、双方の言い分をきいて、仲裁する。それが、当《とう》を得ていることが多く、ガキ大将は信用を高めるのである。

そんなとき、親が出てきて叱ったりすると、それまでケンカしていた双方が、声を合わせて、「こどものケンカに、親が出た。ワーイ」といってはやし立てる。大人は面目を失ってひっこむ。

「かわいい子には旅をさせよ」

小学校は、こどもの育成にあまりかかわらない。遊ぶのもこどもにまかせて、もっぱら、知識を与えることにはげんだ。

つまり、こどもの生活は棚上げにして、勉強ばかりした。昔から、学校はハコ入りこどもを育てたのである。人間的生成にかかわることはすくない。

低学歴社会では、学校が生活停止で勉強させても、大したことはなかった。上級学校へ進むのはごくごくすくなかったからである。

昭和ヒトケタ時代、農村では、こどもは、小学校六年しか学校へ行かない。中学校（旧制）、女学校（旧制）へ進むのは、クラスで、多くて三、四名。それとは別に、小学校の上に高等科（二年）があった。

こちらはわずかだが月謝がいるから、親たちは喜ばなかった。泣く泣く思い止まった好学のこどもがどれくらいいるか知れない。

それがどうだ。ほとんどが、高校へ行く。そして、二人に一人が、大学へ入るのである。私の育ったのは、そんなに貧しい土地ではなかったが、戦後のしばらくまで、大学を出た人はなかった。

中学、高校、大学を通して、勉強第一である。生活など問題にしない。ハコ入りである。本を読めても、世の中のことはわからない。それを高尚、高級のように錯覚して、知識バカ、知識はあるが、人間について無知な人間が、どんどんふえたのである。

少子高学歴化社会の落し穴である。

少子高学歴社会になる前から、それとも気づかずに、ハコ入りこどもを育てていた家庭がある。

一代で財をなした人は、こどもを大事にして充分な教育を受けさせる。それがハコ入り教育であることを知らないから、孫にも同じような教育をする。三代目は一代目よりはるかに深くハコ入りであり、苦労知らず、威張ることがすくなくない。

ハコ入り三代目は競争力の弱い人間になりやすく、うっかりすると祖父の築いたものをつぶしてしまう。

そういうことは、学校教育がはっきりしていなかった昔から、多くおこっていたらしく、〝売り家と唐様《からよう》で書く三代目〟ということわざになった。三代目で破産するのである。唐様の文字、つまり教養はあるのである。

ただ、苦労が足りない。ハコ入りで育ったのだから、失敗しても仕方がない。

そういう例を見ていて、「かわいい子には旅をさせよ」ということわざが生まれた。い、うちに置けばどうしても、甘やかす。ハコ入りこどもになりがちである。かわいそうだが、外へ出せ、というのである。もちろん、観光旅行などではない。苦しいこと危険なことがゴロゴロしている旅である。大小の苦労を経験して、人間的に賢くなる。三代目の悲劇を回避することができるかもしれない。

ハコ入りはハコから出さなくてはいけないという大人の知恵である。

ハコ入りこどもをハコから出す

知識の進んだ現代が、こういうことわざをこしらえた昔の人ほど賢くないのかもしれないと考えるのは現代人にとっておもしろくないことである。

ハコ入りこどもの危うさを、おそらく、はじめて気づいたのは、イギリスであろう。十八世紀からイギリスは高度成長を謳歌《おうか》、中流階級が拡大し、それにともなう、おもしろくないこともふえた。

そこでふえたのが、ここでいうハコ入りこどもである。

ハコ入りこどもは、中流家庭で生まれる。ハコから出すには、全寮制の学校で教わったり寝るほかはない。そういうことを発見して、パブリック・スクール（私立）をはじめた。古くからあった中等学校を改組したものである。

上流・中流の子弟を寮に入れて団体生活をさせる。学業だけではない。スポーツをして身心をきたえる。質素な日常生活をさせて困苦欠乏にも耐える力を養う。

なにより同年輩のこどもと共同生活することによって生きることを学ぶ。

すばらしい人材が輩出。ジェントルマンという近代的人格を創り出し、世界をおどろかせた。ひそかにエンパイヤー・ビルダーズ（帝国建設者）と呼ばれた。

中等教育ではおそすぎる、というのであろうか。小学校に当る、プレパラトリー・スクールができた。スクールといっても、校長夫妻だけが先生というところもある私塾であるが、りっぱな成果をあげている。

イギリスの王室は、王子を、プレパラトリー・スクール、そしてパブリック・スクールに入れられるといわれる。

なんでも外国のまねをする日本だが、イギリスを手本にしなかった。

他人が大人をつくる

〝こどもみたいな大人〟がふえた

「一人前ではない」
「苦労知らず」
「常識に欠けている」
「こどもみたい」
「ひとの心がわからない」
「威張っている」

「大人じゃない」

こういうことを言われる人がどこにもいる。普通の生活をしている人なら、問題にならないのだが、有力者だったり、社会的地位があったりすると、批判されるのである。

企業の幹部とか、役人とか、学者などにはこういう〝こどもみたいな大人〟がいくらでもいる。彼等は一様に威張る。それでまわりから、部下から、育ちが悪い、大人になり切っていない、苦労が足りない、などと言われるのである。

昔から、どこにも、こういう、こどもみたいな、単純、幼稚な人間はいたのだが、家庭のこどもの数がすくなくなって教育程度が高くなるにつれて、〝大人になり切れない〟〝世間知らず〟〝ボッチャン〟がふえ、急増している。

いつまでも大人になれないのは、大事に育てられるからである。きょうだいが多ければケンカも多くなるが、少子化家庭では、相手がなくてケンカもできない。

学校へ行けばほかのこどもがいるが、仲間になることができない。目につくこどもがいるとみんなでいじめる。ひとりでは反撃されるおそれがある。どこでも、そういう弱い子がふえて、いじめが、大きな問題になった。

親がすくない子をかわいがるのは当然である。子だくさんでは手がまわりかねるが、ひとり、ふたりの子なら、充分、手がまわる。

変な子と遊んで変なことを覚えてはたいへん、と思うから、こどもがたくさんの友だちをつくるのを喜ばない。親の目にかなった子とだけ遊ばせてもらう。前にも書いたが、こうして〝ハコ入りこども〟が育つのである。

ハコに入っていれば、外のことがわからなくなる。こどもはいつまでもこどもでいられる。成長しない。それがつづくと、世間知らずのボンボンになるのである。

生みの親よりも育ての親がすぐれている

いまに始まったことではない。昔から、大人になり切れない人間は、どれだけいたかわからないが、社会的に力をもっていなければ世間知らずでも問題にならない。

りっぱな家庭、いい家庭で、大人になり切れない、世間知らずが出たりしては、コトである。ハコ入りはいけないと反省する。そして、生みの親でない人を雇って、養育に当らせた。乳母《うば》である。ヨーロッパでは、ナースとかガバネスと呼ばれた女性である。親に代って子育てをする。生みの親ほどあたたかい養育にならないのは当然だが、外の風を入れて、ハコ入りこどもになるのを防ぐことができた。りっぱな人間を育てた乳母はすくなくない。乳母は、こどもを大人にするのに生母よりすぐれていることが多いのは、皮肉なことであるが、例が多いから、認めないわけにはいかない。

ヨーロッパでも、古くから、王侯、貴族は、子弟の養育を第三者のナース、ガバネスに委《ゆだ》ねた。日本でも古くから乳母がすばらしい成果をあげたことは、変りがない。偶然の符号か、どうかは別として、大いに考えさせられる歴史である。

乳母にかかる財力は多くの家庭では望めないから、乳母はだんだんすくなくなり、ついに、実質上、消滅した。

それに風穴をあけたところがある。日本ではもちろんない。イギリスである。

良家の子を集めて寮に入れる。質素な生活をさせて、勉強と同じくらい、チーム・スポーツのサッカー、クリケットをさせる。ぜいたくにさせない。こどもたちは自然の中で生きる術《すべ》を身につける。小学校に当るプレパラトリー・スクール、中高に当るパブリック・スクールの十年余りを共生、団体生活をする。苦労があるが、それで人間的に成長する。パブリック・スクールを出たところで、りっぱな人間になれた。

それがジェントルマンと言われて、イギリス国内だけでなく世界から尊敬された。日本語で紳士と訳したために、洋服のことかと思う人があった。

パブリック・スクールは大人を育てた。教えたのではなく、生活によって、こどもっぽさを卒業させた。

イギリスの紳士、日本の〝大きなこども〟

ジェントルマンは人格者である。ひとのことを考える大人である。威張ったりすることもすくない。インドは、そういうジェントルマンのイギリス人に統治されて幸福であったらしい。

イギリスのエリート外交官は競って海外勤務を志望したという。あえて困難な道を選んだのである。それが、ジェントルマンだ。

史上最高の大人は、ジェントルマンかもしれない。

日本では、共同生活による人間形成を考える人がなくて、知識の習得のみを目ざした。知識があればりっぱな人間であるように勘違いして、〝大きなこども〟を育てた。

学校出は、多く、苦労が足りない。他人のことを考えず身勝手で、それを個性と誤解している。本人たちだけでなく、社会全体がそう思っているらしい。

いちばんいけないのは、学歴で得た社会的地位を自分の実力で得たと思っていること。なにかというと、命令し、威張るのである。こどもっぽいが、かわいさがない。

明治から百五十年、外国のことを真似て、進歩だと思ってきた社会は、幼稚な社会である。人間がわからない。心が冷たい。自己中心的で幼稚である。知識を智恵と混同している……。

これは、幼時の育ち方の貧しさによっている。家庭はこどもは育てても、大人を育てることができない。それを自覚する力もない。栄えた家が、三代目になると、没落するのが、おきまりのようになっているのは、悲しいことである。

それを思いみる力を欠いているのは、あわれな知性の貧困である。

保育所から大人社会が生まれる

えらくなったり、財産を築いたりするのは結構だが、いつまでも大人になれない人間になるのは一種の社会悪である。大人らしい大人がすくなくなっているのは是非もない。いまの日本は大きなこどもの国である。大人の社会にすることを、お互い、真剣に考えなくてはならないだろう。

ただひとつ希望をいだかせるのが保育所である。入れたいのに入れない待機児童があるというのが政治問題のようになっているが、そんなことではない。

ハコ入りこどもをへらすには、当面、保育所しか預けるところがない。生まれて間もない子をあつめて育てるのはたいへんなことであるが、教育から見ると、もっとも重要な場である。

古い考えで、保育所を福祉の施設としている。教育と認めていない。文部科学省は保育所に対してなすところがない。おかしなことで早く改められることが望まれる。

ものごころのつく前に、自分のほかに自分と同じような人間がいるということを肌で感じられるのはすばらしい教育である。大きくなれば、ほっておいても、大人らしい大人、他人のことを思いやる心をもった人間が育つであろう。

保育所に入れてはかわいそうというハコ入りこどもを育てる家庭は目をさました方がいい。そして、ハコ入りこどもを、大人らしい大人にするにはどうしたらよいか、考えなくてはならない。

本当に、大人らしい大人が多くなれば、日本はほかの国の後塵《こうじん》を拝するようなことはなくなるに違いない。

エスカレーターでなく、階段が大人をつくる

経験よりも知識を信じる人々

世の中に教育を受けた人が多くなりすぎておかしくなった、と気づく人がすこしずつだがあらわれているらしい。世間知らずが多すぎる。

黙々とはたらく人より、文句を言い、ひとを見下ろす人間が多くなって、社会は活力を失いつつある。

知識というものが有用であると信じる。経験ということをバカにする。手仕事をするより本を読む方が高級であるという誤った考えをありがたがっている。

人間は文句をいう動物であると勘違いした若ものが、大学に居ながら、大学を粉砕しようという集団的行動をとった。

それに対抗する力をもった人間がいなかったのだから、こどもの国が栄えるという次第である。

明治以来、教育は人間にとってもっとも大切なことのひとつと考えてきた。教育をしているとバカがふえる、というようなことを考えるものはなかった。ネコもシャクシも、学校へ行きたいのだが、カネがないから、最低の義務教育に甘んじた。

戦前、昭和十年ごろの、村や町では、学校へ行くもの、上級学校へ進学するものは数パーセントであった。五十人くらいのクラスで中学校（旧制）へ行くもの一、二名、女学校（旧制）へ進むもの、二、三名くらいであった。

さらにその上の学校へ行くのは例外的。何年にひとり、大学を出た人は明治以来、町にひとりしかなかった。

親しい友だちのひとりだったAは、中学などはとてもかなわないが、せめて、小学校の上にある高等科へ行きたいと思った。親に頼むとカネがかかるし、そんなカネがあるのかと見られては困るというので、許されなかった。

Aは、早々と、よそへ働きに出された。しかし好学の心は衰えなかったらしい。独学で古典の勉強をした。六十歳くらいになると、ちょっとした学識をもっていた。

Sくんは、石鹸屋《せっけんや》の息子だった。父親がおもしろい人で、息子を学者にしたいと思ったらしい。それらしい名をつけた。もちろん中学へ行ったが、それ以上の教育を受けることはなかった。家業を手伝い、新しい鉄工所をはじめて、さんざん苦労した。二十年たつと、大きな製作会社にした。

仕事に成功しただけではない。人間もりっぱだった。すこしも威張らない。あるとき、会社に人がたずねて来た。社長のSは、前庭の草とりをしていたのである。

たずねて来た人は社長が作業服で草とりをしているのを見てひどく感心したそうであるが、Sとしてはごく普通のことだったというのである。いまはもうそういう変った社長はいなくなった。

知識だけでは人は育たない

戦後のある時期から教育過熱が始まった。義務教育を六年から、九年にのばしたのがその口火を切った。昔の中学校に相当する高等学校が急増した。田畑であったところへ公立高校ができた。勉強の好きでない生徒も高校へ行くようになり、またたくまに進学率九十パーセントをこえるようになった。ついで、大学進学も多くなり、同世代人口の半数が大学へ進むという、かつては想像もしなかったことが現実になった。

すばらしい進歩であると考えたいところだが、そうならなかったのは、なぜだろうか。そんなことを考える人もいないが、社会にとっては大問題である。

二〇一五年の春、文部科学省が、大学の文系学部、学科の改編、廃止を各大学に求めた。国際競争力のないところは廃止しようというのだから、大騒ぎになるはずであったが、ほとほと反応がなかった。おどろくべきことである。

いまの学校教育は、ヨーロッパの模倣《もほう》である。学校は知識の習得のみを目的にしていたのである。人間を育てるには、知識教育だけでは不充分であるということを考えていない。学校は、こども、生徒、学生の生活を停止して、もっぱら、知識の習得に専念するようになっている。一日に何時間も教室に軟禁されて、本に書いてあることを覚えるのは、いわば非人間的なことである。そういう反省は、明治以来、ほとんど反省されることがなかったのである。

たとえていえば、いまの教育はエスカレーターのようなものである。それにのると、自分の足で歩かなくても、上の方へのぼっていく。六年エスカレーターが終ると次の三年エスカレーター、高校エスカレーター、大学エスカレーター。十数年にわたって、エスカレーターにはこんでもらっているから、自分で階段をのぼる力がなくてもおどろくことはないのである。実際、おどろく人はなかった。

教育エスカレーターが終ると、会社、企業エスカレーターがあるが、みんなをのせるスペースがないから、選抜がある。それに合格するのは、大学の勉強より大事だというので、長々と〝就活〟をはじめる。うまく会社に就職すれば、もう安心である。

定年まで、長い長いエスカレーターがある。よほどのことがない限り、途中でふるい落される心配はない。そうしてエスカレーター人間が仕上るのである。

エスカレーターを降りて途方にくれる人々

いまの日本は、一生、エスカレーター人間であるという人口が半分くらいを占めている。きわめて不自然、不健康な社会である。えらそうな顔をしているエリートたちも、まったくエリートとしての力量を欠いている。だいたいエリートは生存競争に勝ち抜いた人のことである。エスカレーターの上では、相対がない。ひとり相撲をとることもできない。エリートは存在しないはずである。

エスカレーターのいいところは、じっとしていても上へのぼっていかれることであり、努力しなくても、高いところへ行かれることである。その代り、エスカレーターは人間らしさ、苦労、生きがいなどというものとは縁がうすい。よほどの間抜けでなければ、転んだりすることはない。上へ行くのに失敗する、ということは、よほど劣悪なエスカレーターでも、まず、おこらない。人生は安全なりと思うのは容易である。

　エスカレーターには終りがある。そんな当り前のことすら、わからない人間が大部分である。退職になり、エスカレーター終りとなったら、どうしてよいかわからない。うっかりしなくても、エスカレーター症候群にやられる。体がおかしくなる。心もすこし変になる。病気になるが、治してくれる医学はないから、老化するほかはない。

　若いときから、自分の足で道を歩き、階段をのぼって生きる人は、五十になれば、知命、つまり、一人前の大人になることができる。生活賢者である。

苦労という月謝が人を育てる

　イギリスの哲人、トーマス・カーライルは、「経験は最良の教師なり」と言った。学校の先生ではない。

　さらに「ただし、月謝がひどく高い」とつけ加えたのである。つまり、失敗、不幸、難苦などの経験が、人間を育てる最大の力である、というのである。

エスカレーターは月謝が安い。それだから、いつまでものっていていかにも上へのぼっていくように見えても、のぼっていく力がつくわけではない。

むしろ、自力を失ってしまう。エスカレーターの上で転ぶのは容易ではない。階段なら、転んだり、足をすべらすことは、それほど難しくない。

転んで、痛い目にあって、立ち上がってまた、歩き出す。それが大人である。エスカレーターにのって喜んでいるのはもののわからないこどもであると言ってもよい。

学校は、そういう未熟なエスカレーター人間を育てて、文化の基盤であるような顔をしてきたのである。

人工知能というものが進化をつづけていて、エスカレーター人間をおびやかし始めている。知識、技術という点で、人工知能はエスカレーター人間など問題にしない。やがて、エスカレーター人間は人工知能に仕えるサーバントにならなくてはならないかもしれない。

本当の大人は、そのとき、新しい人間中心思想、ヒューマニズムに生きることができる。

V 大人の愛情

正直ではなく、白いウソをつくのが大人である

こどものホラ話は罪がない

庭に出ていると、前の通りを小学生がやってきた。低学年で、もう学校は終って帰りなのだろう。ひとりが言う。

「ボク、この前の日曜、お父さんと東京湾へ釣りに行ったんだ。そしたら、運よくクジラがかかった」

「へえー、東京湾にクジラがいるの？」

「いるさ」

「どうしてもってきた?」

「バケツがあるからさ……」

聞いていて、つい口もとがゆるんだ、東京湾のクジラ釣りは、おもしろい。

そして、昔、昔、自分のした失敗を思い出した。

田舎のこどもは、学校から帰ると、チャンバラなどをして遊ぶが、チャンバラはすぐあきる。

お寺の境内《けいだい》に、腰をおろすのにカッコウの石段があった。悪童連、そこへタムロして、おしゃべりをするが、すぐタネ切れになる。

その場をにぎわかすため、私の前身が魚ドロボウの話をした。前もって考えていた話ではない。即興《そっきょう》の出まかせである。

それをみんなが、マジメに聞いてくれる。おもしろがっているらしいとわかって、私は興奮したらしい。まったく根も葉もないホラ話をしゃべった。

マチには、海岸沿いに、養魚場がある。全長二、三キロの長い入江であった。たくさん魚がいたが、もちろん、入ることは禁じられている。その養魚場で「大きな魚を、手づかみで、何尾もとったんだぞ」というと、となりの子が、「どうした?」ときく。おどろかせなくては、と、とっさのつくり話をする。

「魚屋へもっていったら、十センくれた」

みんな、スゴイという意味の叫びをあげたから得意だった。

それからすこしたったある日、本家のおばあさんが、やって来た。うちは分家で、本家には頭が上らない。ことに母は、このおばあさんに遠慮していた。

おばあさんが、母をつかまえて、叱った。

「この子のしつけをしっかりせんとこまるよ、魚をとって、売ってカネにかえたという噂がひろまっている。ウチも迷惑している……」

おばあさんは、お寺の境内で、私のした話を伝え聞き、本当のことだと思い込んで、母をとっちめに来たのである。なぜか、側にいる私には目もくれなかった。おばあさんがにくらしかった。

白いウソと毒のあるウソ

おばあさんが帰った。

どんなに叱られても、言いわけはすまい、本気で話したんだから、マに受けるのがいても、しかたがない。当然だ。

こどもながらそう思ったらしい。

おどろいたことに、母はひとことも叱らなかった。

どうしてか、こどもにわかるわけがない。かなり、大きくなって思い返してもやはり不可解だった。母はただ、「手伝って……」と言っただけである。

その二年後に、母は急死してしまったから、魚をとって売ったホラ話については、とうとうひとことも言わなかった。

こどものウソなど問題にしないというのであったかどうかわからないが、マに受ける大人の正直さをきらう心はいくつになっても変らない。

こどものウソは白いウソである。

大人のウソは黒いウソであるが、どちらも、実害はすくない。

その中において、ときどき、毒のあるウソをつく悪人、ゴロツキがいる。これは、実害があるから、きびしく処置しなくてはならない。

だいたいにおいて、ウソをにくむ人が多いのは、毒のあるウソだけを考えるからで、文化的洗練という点からすれば未熟である。

バカ正直だけでは、世の中、闇である。

大人になっても、こども同様、バカ正直を美徳であると思い込んでいる人が多くて、世の中、おもしろくなく、ギスギスする。バカ正直は、自己中心的。相手を思いやるゆとりがない。こども的である。

人間は、ウソをつくようにできているのかもしれない。こどもが、ウソを言うのは、その本性によるものであろうが、社会的不都合がおこることがすくないから、笑ってきいていればいいのである。

バカ正直はこどもの発想

大人になると、バカ正直でもウソをいうよりもよいというワカラズ屋がふえて、ややこしくなる。大人のくせに、ひとのことを考えるゆとりがないのを美徳と誤解する野暮天《やぼてん》がえらそうな顔をする。

客が来る。ひるどきになっても帰る気配がない。もう、おひるですよ、と注意しては失礼になるから、「お茶漬でも、どうどす?」という。ひるを出す気がないのだから、ウソである。白いウソというにはすこしよごれている。

大人は、あわてて「とんだ長居をいたしました。ちょっと寄るところもありますので、これで失礼……」という。出まかせのせりふだから、ウソであるが、白いウソである。大人は、そういう受けこたえができないと一人前ではない。

落語では、客が野暮天だから、せっかくですからご馳走になりましょうか、などと言うから主人側が大あわてする。それがおもしろいのである。

これを笑いものにすることで、白いウソというものが世の中を平和にすることを教えるのであろう。こどものウソとは別に大人のウソがあって、どちらも、美学であることを解するには、それなりの教養が必要であるが、正直ものには、なかなか、呑《の》み込みにくいのは是非もない。

ウソは文化が育てた

実社会では、いくら白くてもウソはウソ。許せないという考えが有勢である。ウソの出る幕がないから、治外法権、文芸の世界をこしらえ、ここで存分なウソをふりまく——そういうことを、人類はいち早く発見した。

文芸は、一般の道徳が及ばないところをもっていて、おもしろいのである。まじめな本当のことばかりではつまらぬ話さえできない。

白いウソだけでなく、黒いウソ、ときには、毒のあるウソが大手をふって動きまわるのが、詩の世界、メルヘンの世界である。

それを不道徳であるとして、否定した人はギリシャの昔から存在し、いまも、生きのこっている。

文化はウソ半分、である。

ウソのうまくないのは、幼い文化、幼い人間である。大人は、方便としてのウソをさらりと言ってのける。

江戸末期、近松門左衛門《ちかまつもんざえもん》は、文芸を〝虚実皮膜《きょじつひにく》の間〟とのべた。するどい観察である。本当とウソのはざま、ということである。

複雑になってきた現代においては、文芸作者でなくとも、ときとして虚実皮膜の間に生きることが必要である。

白、黒とも、ウソは貴重な方便である。

裁くのでなく、他人を応援するのが大人である

強い医者と弱い患者

かかりつけの病院の先生から、心臓がおかしい、不整脈は前からだが、やはり専門医に診てもらった方がいい、と言われた。

同じ病院の循環器内科のドクターを紹介されて受診することになった。

心電図を見て、ドクターは、「メチャメチャです。……」と言われた。

あとのことばは、よくきこえなかった。それくらい気が動転していたのであろう。

「たいへん、乱れています」と言われても、患者には、わかりすぎるほどわかるので

ある。

　メチャメチャ。なんですか、それと思った。そんなの相手にしたくない、というのだろうか。

　それほど、自分の心臓はよくないのか。いずれにしても、かなしい気持である。

　いろいろ自分なりに考えた。不整脈であることは、ずっと前から、言われていたが、当面、心配しなくてもいい、と言われて、半ば忘れていたのである。

　突如、メチャメチャだなどと言われると、弱い患者は途方にくれる。どうすればいいのかをたずねる気持も失ってしまう。

　自分なりに、心臓が悪くなった原因を考えて、どうも、心痛のストレスではないかと思い当った。次の診察のとき、おそる、おそる、「不整脈にストレスが関係することがあるでしょうか」とうかがってみた。

「ありませんッ」と冷たい返事である。

　シロウトが余計なことを言うな、という調子だから、すっかり恐縮する。毎回、なにか叱られる。いやだなと思う。

そして、この先生から離れよう、もう来たくない、と思った（不登校のこどもも同じような思いがきっかけで、学校へ行かなくなるのであろうか、とラチもないことを考えたりする）。

よく笑う医者はよく治す？

よそ目にもわかったのだろうか、親切な知人が、別の専門病院へつれて行ってくれたのである。病院は行きたくない。あんな情けないことを言われるのなら、死んだ方がいい、と思ったという旧友Sくんのことを思い出した。

Sくんは同年の中国文学者だったが、若いときから、勉強のことを話し合う心友であった。ものすごい勉強家、どんどん、仕事をした。

そのせいであろう。健康を害した。ところが、医者に診《み》てもらうことを拒否した。まわりが、いくらすすめても、彼は頑《がん》として言うことをきかない。六十五にもならないで亡くなってしまった。若いときは、健康そのもので、いくら無理をしてもびくともしなかった。それが、さっさと消えたから、われわれは、おどろき、悲しんだ。

どうして、病院、医師をきらったのか、きいたわけではないが、いやな思いをさせられたのであろう。自分で、つらい思いをしてみて、すこしわかったような気がした。

フランスに、〝よく笑う医者はよく治す〟ということばがあるらしい。私は、これを小児科のお医者のことだと思ってきた。

こどもでお医者の好きなものはない。お医者も苦労するにちがいない。こどもをあやし、笑わせたりすれば、話は別。こどももおとなしく診察を受け、病気も早く治る――そういうことだと考えていたが、Sくんのことをきいて、よく笑う医者はよく治すのは大人にもあてはまると思うようになった。

患者にあいそのいいお医者は、大人の患者をもよく治すのではあるまいか。そう考えるようになった。

知人のKさんは、クルマで新しい病院へつれて行ってくれた。

あのおそろしいドクターから逃げ出すようなもので、多少、心配。こんなことをしては患者のモラルに反するのではないか。だまってほかのところを受診するのは、このごろ多くなったセカンド・オピニオンを求めるのとは違うのではないか、という心配もした。

あのこわい先生からは離れたい気持の方がつよかった。どうにでもなれ、といった気持で、知人のつれていってくれた病院を受診した。

応援してくれる医者は名医である

こんどは若い先生である。

「心電図で見ましたが、心配するほどのことはないと思います。クスリを飲んで様子を見ましょう」と、ニコニコしながら言われて、すっかりいい気になった。元気が出たような気がする。

次の診察では、「よくなっていますよ、すこし」と言われる。そんなことがあるものだろうか。すこしおかしいようだが、とにかく、いい気分である。「実は……」といって、ほかの病院を受診しているのに、こっそり、こちらを受診した、ということを打ち明けて、どうすればよいか、きいた。この先生は味方だという気がしたから、こんなことを相談する気になったのである。「だまって、こちらへ移ればいいんですよ」と言われるから、びっくり、そして、何とも言えないありがたい気がする。

この先生は味方だ。さきの先生は、裁判官みたいだと思った。

先日も診察を受けにいった。時間より早いのに、診てくださるのがうれしい。病院で待つのはなれているから、時間前に診察してもらうのは、なにか得をしたような気がする。どうして、こういうことができるのかわからない。

不整脈はやはりよくなっていないらしいが、そんなことは言われずに、クスリをきちんと飲むようにとだけ言われて、あとは、あれこれ話されたあげ句に、「応援しています」と言われるではないか。病院でそういうことを言われたことはない。何を応援してくださるのだろう、と思ったが、わからない。よくなる努力を応援してくださるのか。それとも、その年になって、なお、仕事をしていて健気である、応援してやろう、というのか、わからないが、そのことばを反芻《はんすう》しているうちに、まだまだ、やれるぞ、といった元気がわいてくるのを感じた。

こういう気持になったのははじめてである。おそらく、すこしいのちがのびたに違いない。

「応援しています」と言えるのは名医である。病人を力づけ、走り出したくなるような医者がこの世にあることを知ったのはたいへんな喜びである。

応援してくださるお医者があれば、もうすこし生きたいし、生きられるような気にもなる。

たわいない病人は、先生の〝応援しています〟ということばに、どれほど力づけられ、励まされるか知れない。

相手を大切にするのが大人である

賢い話し方

いまもそうか、どうか、わからないが、かつては、イギリスにオックスフォード・アクセントという話し方があった。

入学してくる若ものは、元気いっぱい、勢いもよい。話しぶりも、大声で、はっきり言う。いかにも純であるが、幼稚で、すこし野暮《やぼ》でもある。

大学生になったら、大人のことばを話さなくてはならない、というので上級の学生が新入学生に、大学生らしいことばづかいを仕込むのである。

あまり大声はいけない。むしろ低い声で、もごもごと話す。立て板に水のような雄弁ははしたないこととされる。もごもごと話して、終りにisn't it?（でしょう？　ですね）をつける。それがオックスフォード・アクセントと言われた。わざとわかりにくい話し方をする。ぼかしたことばである。もちろん声は低くなくてはいけない。

大声でまくし立てたり、叫んだりするのは見苦しい。一人前の人は、ボソボソとよくわからないことをしゃべる。それが奥ゆかしいのである。イギリスのエリートは大人のことばをしゃべるというのである。

大声でわめくようなのは力のないもので、しっかりした人間は、大人の話し方をするというのであろう。

政治家でも、大声で叫んだりしてはおかしい、という感覚がある。前にも書いたことだが、議場でも、なるべくもの静かに議論するのが好ましいと考える。名宰相、チャーチルは戦災に遭った国会議事堂復旧のとき、手狭であった旧議事堂を拡大しようという案が優勢になったとき、それに反対して言った。

議場を大きくすれば、いきおい、みんな大声で叫ぶように話すようになる。それはいけない。叫び声で、知恵のあることを言うことは難しい——そういう理由で、拡大案に反対し、結局、それが多数の支持を受け、議員を収容し切れない議事堂が再建された、という。

日本でも、昔の武将などは、大声でどなりつけるようなことはすくなかったのではなかろうか。身分の低いものは、直接、地位の高いものに話しかけることはできなかった。禁じられていたのである。

敬語とは相手への配慮である

身分の低いものは、直接、主君などに話しかけることはできない。主君の側にいる侍者に向ってことばを発する。それを侍者が主人に取り次ぐという間接的コミュニケイションが普通であった。直接に話しかけては無礼になる、と思われていたのである。侍者によって、いわば通訳されたのである。身分の低いものが、然るべきことばを知らないために、失礼になることを予《あらかじ》め防いでいたのである。

そういう上下関係の間の不自然なことばづかいは、なくなったが、なお、ムキ出しのことばは相手に失礼になるという感覚はなくならない。ことばの上で尊敬をあらわす敬語が発達するのである。

こどもは敬語を知らない。使えない。ことばを知らないのだが、根本は、相手のことを考えないからである。相手に気づかえば、当然、失礼なことばは使えなくなる。その前の段階として、相手に不快な気持をいだかせたくないという配慮が必要であるが、こどもにそういう感覚が自然に生ずるのは難しい。そこで、まわりの大人がことばをしつける。まず、相手のことをたたえたことば、ていねいなことば、敬語などを予め教えることになるのである。

自己中心的なこどもなどにとって、敬語はわずらわしいことばづかいとしてきらわれる傾向があるのは是非もない。

やがて社会的活動をするようになると、敬語が役に立つ。相手との間のマサツは熱を帯びやすく、放《ほう》っておくとおもしろくないことになる。それを防ぐには、ことばの潤滑油、敬語を用いるのが賢明である。

たいていの人が、一人前になるころには、一応の敬語の使い方を身につける。かつては、それが常識であった。うまくいかないと、〝口のきき方も知らない〟として、相手にされないおそれがあった。そういうわけである程度の敬語の知識は最小限の教養であった。

人間は平等である、上下はない、というのがデモクラシーであると勘違いした人たちが敬語の〝古さ〟を槍玉《やりだま》にあげ、わけもわからぬ若い人たちがそれに雷同《らいどう》して、トラブルが多くなった。ことばの問題にとどまらない。

衝突を避けようとする大人

自己中心的、個人主義的な生き方は、相手と衝突することを避けようとしない。ことばだけの問題ではない。行動でも自分中心である。絶えず、ひととぶつかる。そしてそれが危険であるということを意識しない。幼稚であり、こども的である。道を歩いていると、すぐ目の前を横切っていく。知らん顔である。そんなことをされて、気持のわるくない人はすくない。血の気の多い人ならハラを立ててケンカになるかもしれない。

日本人はもともと、人の行く手を直前で横切ることが多いらしく、欧米から日本に来た人の多くが、それをいやがっている。日本人は、そうとも知らず、そういうことをくり返している。だんだん多くなっているかもしれない。男性よりも女性に多いくらいで、これが事件につながることもありうる。

自己中心主義は、こういうおもしろくない行動と結びつくとしたら、反省しなくてはならないが、要するに、幼稚なのである。

大人だったら、道を譲《ゆず》るのが常識である。他人の直前を横切るというのがよくないということは、考えなくてもわかるのが一人前である。ちょっと立ち止まって相手を通せば、何ごともおこらないのである。

相手を大切にすることば

ひとのことを考えないのは、幼稚である。相手を大切にすれば、相手からも大切にされる。ていねいなことばを使えば、相手からもていねいに扱われる。きまりきったことであるが、わからない人が少なくない。

その典型的な例が、外交官のことばである。外交辞令ということばもあるほど、ていねいである。敬語ではないが、敬語以上に相手を立てる。本当のことを言わない。きわめて婉曲《えんきょく》な言い方で代用する。なれない一般の人間にとって、どういう意味かはっきりしないようなレトリックが発達している。

こどものようなことばを使っていたら、たちまち衝突して事件になる。最高度に洗練された措辞《そじ》によって、相手と衝突することを回避しているのである。自分勝手なことばをふりまわす外交であれば、平和を保つことは困難である。

職業から見ると、商売、お客に接する商売をしている人たちのことばは、独特の洗練に達している。ことばが下手では商売はできない。

商業独特のことばづかいがあって、一般より神経が行きとどいているのだが、個人主義、自己中心主義に影響されたのか、近年、商業用語が乱れている。

マニュアル化しているわずかなことばは、かろうじて実用的だが、教えられていないことばはまるで、こどもみたいで、客の不快を買っている。それよりものを言わない自動販売機がいい。片ことしかしゃべらない外国人の売子の方が愛嬌があると言っている人もある。

大人のことばは現代の問題のひとつである。

Ⅵ 大人の苦労

味のある顔をしたのが大人である

こどもがかわいいのは生きるため

〝人間、四十になったら自分の顔に責任がある〟

アメリカから渡ってきたことばである。その年までは、こどもの顔、もって生まれた顔をしている。一人前になると、顔はその人の証明書のようなものになる。よくてもわるくても、自分の責任である、というのであろう。

実際、中年の人の顔は人生のあとをとどめて複雑である。たいていは、あまり美しくないが、本人の責任であるというのが、かんじんなところ。

と言うのも、人間は、生まれるときは、例外なく、たいへんかわいく、美しく、天使のようである。心なき大人がひどいことをしたりしないようにという自然の摂理《せつり》かもしれない。

どの幼児も、みんな輝くように、きれいである。とくに目が澄《す》んでいる。ケガレなきものを見たことのない目はつぶらで輝いている。

このごろ、幼児虐待の大人がふえた。こういう可憐《かれん》な幼児に害を加えようとするのは人間とは言えない。天罰を受けなくてはならない。平和をつよく求める現代において、こどもをいじめ、こどもを殺す人間がいるのは、不可思議である。

殺し合いをしていた戦時中、幼な子をいじめたり、殺したりする大人はほとんどなかった。大人はこどもにやさしかったのである。

そういえば、そういう悪い時代の幼児は、いまほどかわいくなかったかもしれない。こどもが美しく、かわいくなるのは、そうでないと危ないからであるかもしれない。こどもは、それに備えて？　かわいく生まれてくる。

そうだとすれば、幼児がかわいい、美しいといって手ばなしに喜ぶことはできないかもしれない。それは小さなこどものこと。

大人で、こどものときの美しさをとどめているのは例外的である。中にはこどものときはさほどでもなかったのが、年ごろになって、急に花ひらくかのように、美しくなることもないではないが、例外中の例外である。

大人の顔は人生の履歴書

恐ろしいことがあって泣き、いやなことがあって顔をしかめ、ケンカして鬼のようになる。失敗して、顔面蒼白《がんめんそうはく》、苦痛にたえて、顔をゆがめる。

そうして年をとるのだから、いつまでも天使のような顔をしていられるわけがない。いろいろの心の傷が顔に出てくる。それなりに味のある顔になることもすくなくない。ことに生きるのに苦労してきた人の彫りの深さは人の心を打つものをもっている。

女性はそういう変化を好まないのであろうか。若いうちから化粧ということをして、生地をかくしてしまう。

こどものときはさすがに化粧をしないのは、さきにも言ったように、幼な子の顔は天然の美貌《びぼう》である。人工の化粧などでこわすことはない。昔から、洋の東西を問わず幼児の化粧がなかったのは理の当然であるように思われる。

一人前の人間は、喜怒哀楽を面《つら》に出さない。ぐっと、抑えて、ポーカー・フェイスがいいことになっている。おそらく、ストレスとなって、健康を害するであろうが、しっかりした人間は、セルフ・コントロールができる。

〝瞬間湯わかし器〟などといわれるのは小児的なのである。苦労から学ぶことがすくなかったのであろうか。

つまり、大人の顔は、その人の経験のにじんだ履歴書のようなもの。というのが、四十になったら、自分の顔に責任をもて、ということばのふくみであろう。

内田百閒《うちだひゃっけん》は借金の名人といわれた人だが、あるエッセイで、こんなことを書いている。

全国金貸業者の大会に出てみた百閒は、おどろいた、という。みんな金貸しの顔をしていたというのである。どういうのが金貸し業者の顔かわからないが、その道の達人には、その顔つきに共通する何かがあって、それを見せつけられて、おどろいた、という次第であろう。

貸した金が返ってこない。金貸しにとって、その取立てはいちばんの仕事である。仏のような顔をしていられるわけがない。それにふさわしい顔つきになる。それが、同業者で通じるところがあるということを百閒は見つけたのである。

職業が顔をつくる

こちらは裏通りのおやじさん。

注文がうるさくて、理髪店が定まらない。たえず、新しい店へ行く。店のおやじが、

「なにをしていらっしゃるんで?」

ときくそうである。客のおやじはいつもいい加減なことをいってごまかすそうだ。

ある店で、魚を扱っている、と言うと店のおやじが、すかさず、「ご冗談でしょう。魚屋さんなら、その匂いがするもので……」と言い返され、一本とられたそうだ。大人になったら、自分の匂いにも責任があるというわけだ。

男のくせに香水をプンプン匂わせているのがたまにいる。きっと自分の匂いを恥じているのであろう。大人は忙しい。

ある先生、三月で退職。

四月から毎日のように近所を散歩する。

新入生らしい小学生が数人やってきて、「先生、さようなら」とあいさつした。先生、大いにおどろいて、どうして、先生とわかったのか、みず知らずの人間を先生ときめて、あいさつをするこのごろのこどもは、マセているのか、スルドイのかと思っていると、次のグループがやってきて、「校長先生、さようなら」と言って通りすぎ、「きっと、校長先生だよね」というこどもの声がきこえた。

この先生、小学校の校長をやめたばかり。もちろん、よその学校である。この辺りの小学生、知るわけがない。

これらの新小学生、きっと、学校で教わったのであろう。先生に会ったら、あいさつをするように……。入学したばかりの学校で、だれが、先生であるか、わかるわけがない。それらしい人だったら、とにかく先生だとして、あいさつすればいいと思っている。

校門を出ると、さっそく、それらしいのがやってくる。あいさつ、しなくては、となって、さようならと叫ぶ。あとから、来たグループは、すこし古びた先生で、担任の先生よりエラそうだ。校長先生なんだろう、と見当をつけた、というわけ。校長というのはみごと的中したのだから、こどもの勘《かん》はバカにならない。

と同時に、旧校長が校長らしいところをただよわせているのもあっぱれである、と言ってよかろう。

だいたい学校の教師は、昔から世間知らずであるというので、かげで、〝先生と言われるほどのバカでなし〟といわれた。それらしい風貌《ふうぼう》をしているのが多い。

いつまでもお坊っちゃん。

コクというものが乏しい。

そして、ワリに威張っている。

その一部が、なり立ての小学生にも通じたとすれば、なかなかおもしろい。

七十を超すと、はっきり、顔つきが低下するらしい。昔のヨーロッパで仮面をつけたりしたのは、ささやかな抵抗である。

顔の心配をする老年がすくないのは、すこし淋しいことである。

年相応の苦労をしたのが大人である

教職という重労働

かつて、教師の適齢期ということを考えたことがある。それを文章にして発表したら、多少の反響があった。もっともおどろいたのは若い教師だったようである。

ホヤホヤの新任教師は胸ふくらませて教室へ行く。はり切っている。全力投球である。へとへとになって帰る。教師というのが重労働であることを知らないから、疲労がたまるのにも気がつかない。

半年もすると、体がおかしくなるが、そんなこと問題にしないで、全力授業をつづけていると、病に倒れる。戦前もっとも怖れられた肺病、結核《けっかく》になる。運がよくないと、半年もしないうちに若い命を落とす。そういうことが、全国的に頻発した。

教職というものをよく知らない世間の人たちは首をかしげた。大して体を使わない教師がどうして結核などになるのか。

どこのだれか知らないが、先生は、白墨《はくぼく》の粉を吸うからいけない。それで結核になる。もちろん、医師がそんなことを言うわけがない。どこのだれが言い出したかわからないが、白墨犯人説はまたたくまに全国に広まった。神経質な教師は、口にハンカチをあてて、黒板を消した。もっと神経質な人は、そもそも、白墨を手にしない。

そういうウソのような話は、戦後まで生きていた。医師はなぜダマっていたのか。

先生が結核になったのはもちろん、白墨のせいではない。単純な過労のためである。教室で、授業するのは、重労働であることを知らなかったから、過労になった。充分な栄養もとらないから発病するのである。

静かにしないこどもたちに授業するには、大声を出さなくてはならない。小学校は全科担任である。ひとりですべての授業をしなくてはならない。一日、五、六時間、大声でがなっていれば疲れない方がおかしい。

これは後になって言われるようになったことだが、教室で大声を出して授業するのは、ジョギングくらいのエネルギーを要する、というのである。そんなことも知らずに、病に倒れた先生がどれくらいあるかわからない。痛ましい限りだ。

戦後は新任教師の結核が急減したが、これは特効薬があらわれたからで、健康ということから言えば、相変らず、大きな十字架を負っている。栄養がよくなったから、薬ができたから体の病がすくなくなったが、その分、心を病む教師が多くなった。それについて世間は無関心である。教員養成の機関も、そんなことを考えている余裕がないのであろう。

新任の教師がはり切って教室へ行く。力いっぱいの授業をするのだが、どうも反応がよくない。そのうちに、保護者の不満がきこえてきたりするようになると、体がおかしくなるのである。

師弟の間は近すぎてはよくない

大学の成績がよく、教員採用試験でも好成績だったという先生ほど、こども、保護者の受けがよくない、という不思議なことがおこる。勘違いした保護者たちが、学業優秀だった先生はおことわり、というところまであらわれるようになった。

優秀な先生が不評になるのは個人の問題ではない。年齢である。こどもの年に近すぎるのがいけない。それを弁《わきま》えないために混乱する。つまり、先生が近すぎるのだ。

昔の人は、〝三尺下がって師の影をふまず〟と言ったものである。先生は敬わなくてはいけない。近づきすぎては礼を失する。三尺はなれて、影もふまないようにしなさい、というのである。

つまり、師弟の間は、近くても、三尺のへだたりが必要である。近づきすぎてはいけないと教えたものだ。

三尺下がってというのは物理的距離であるが、心理的にもなれなれしくてはいけない。はなれて敬意を示せ、というのである。

四十くらいになったとき、私は、この〝三尺〟を年齢に換算したら、どれくらいになるか、考えたことがある。

そして、教師と生徒の年齢は二十年くらいはなれているのがよい。それより小さいと、うまい関係になりにくい。

かといって、はなれすぎてもよろしくない。四十年くらいがいい。それを超すと、教師の力は及ばなくなる――そんな仮説を立てたのである。

つまり、教師のいのちは、生徒の年齢より二十年上のときから力をもちはじめ、四十年くらいになると、感化力を失うというのである。生徒が十歳なら、教師の適齢期は三十から五十歳くらいまでとなる。

これは、人間がこどもをもうける年代とほぼ合致する。生徒のことを教え〝子〟というのは偶然ではない。

ただ、教師は年少の生徒と触れていて、なかなか年をとりにくいから、年齢差四十年を超えても、若々しさを保つということは充分ありうる。

老先生の教育力もバカにならない——というのが、私説である。

年寄りの期間が延びた今

それに近いことが、世代間についても言えるように考えられる。

小人（こども）と大人（おとな）は、二十年のへだたりがある。二十（はたち）にならないで大人ぶることはできない。大人も、年をとって、新しい世代を生むことのできない六十になると、そろそろ、卒業で、〝年寄り〟になる。

やはり、年である。

いくら大人ぶってみても、十五や十八で大人になることはできない。しかし、三十くらいになれば、自然に大人らしくなる。変に若ぶったりしてはかえっておかしい。

若い人たちも、そういうなりそこねの大人を好まない。

若いときにはできなかったことが、大人になると、さらりとやってのけることができるようになる。ダテに年をとっているのではない証拠である。

こどものときには思ってもみなかったようなことをいろいろ経験して、大人になるのである。こどもは、大人に敬意をいだくのが正常である。

こどもが一足飛びに大人になるわけではない。若ものの時期がある。そこでいろいろなことがある。失敗がある。間違いもする。そして、だんだん大人になるのである。

まわりが良い環境で、苦労がなく、つらい思いもしない、そういう仕合わせな成長をしていると、いつまでたっても、こどもから抜け出せないということもあるし、不幸と苦労のかたまりのような生き方をすれば、こどもでありながら、大人みたいであることも可能である。

しかし、大体のところ、三十になれば、大人らしくなり、四十歳になれば、ほんものの大人になることができる。論語は、三十にして立つ、四十にして惑わずとした。

年をとっても、大人でありつづけるのが難しいのは、還暦を境《さかい》に、生活が変化するからで、勤めをはなれて、自由の身になると、大人でなく、年寄りとなって、一線から退くことになる。

かつては、勤め人がすくなく、停年、退職ということもすくなかったから、大人は年寄りになるのがおくれたが、いまは、そうはいかない。

寿命が延びて、こども、おとなに比べて、年寄りの期間が大きく延びたが、大人の時期を延ばすことは容易ではない。それを真剣に考える人がすくないのは大きな問題である。

大人たる、また、難し、などとは言っていられない。

大人の年ごろをひき上げる工夫が必要であろう。

威張らず、腰が低いのが大人である

三十年たっても大人にならない人

若い人は、経験が乏《とぼ》しい。成功もない代り、失敗もない。身に覚えのあることがしたくなって、徒党を組んで荒れる。

まわりのものが、年をとっていても、経験の乏しい大きなこどもであったりすると、騒ぎはひろがって社会問題になる。

いまから半世紀前、昭和四十二（一九六七）年ごろは、全国の大学で紛争がおこっていた。

ヘルメットをかぶったのが、マイクで絶叫するくらいでは足りないと思う連中が、研究室の蔵書に水をかけたりして意気があった。こどもになり切れていなかったのだが、そんなことを言えば、保守反動呼ばわりされる。

私はつむじ曲りだから、みんなが叫ぶことには頭から反発した。しかし、叫ぶところもないから、じっとムクれていた。

ある日、学校へ行ってみると門を閉じて、ピケを張っている。通ろうとすると、サッと、学生たちにとりかこまれる。口々に、何やらわめき散らす。おもしろくないから、にくまれ口をたたいた。

「どこかで仕込まれたことなんか思想でもなんでもない。自分の頭で考えたことなら、こういうことのできるわけがない。いま言っていることを、三十年たっても、言っていたら、君たちの思想だと認めてやる……」

もちろん、三十年後など考えていたわけではない。そのときのハズミである。こちらはそれまで生きている自信もないが、この連中をとっちめてやりたい気持は本モノであった。

人生はおもしろい。夢のようなことがおこるのである。

校門でピケを張っていた学生の一部が、停年をひかえて、クラス会を開いた。かつての〝敵〟だった教師を呼ぼうとなったのは不思議である。

思い切って出席することにした。ピケを張っていたのがいるはず。どんな顔をしているか興味があった。

三十年して同じことを言っているようだったら、君たちの思想として認めてやる、ということばは忘れていなかった。

みんなおだやか平凡な初老の人間になっている、と思って、一座をながめていると、中心的存在が立ち上がって、しゃべり始めた。

「ボクたちも、あまり、勉強しなかったけど、先生たちには、もっと、よく教えてほしかった……」などと言っている。

やはり、三十年は覚えていなかった。忘れたのではなく、新しいセリフをつくって大きな顔をしているのである。

ピケを張っていたころとあまり変っていないのである。つまり、とうとう大人にはならなかった。それかといって、かつての童心も失ってしまい、一人前の人間らしくしているのがおかしいくらいであった。

威張らず、自己中心的でない人

Wさんは有力出版社の編集部長であった。

進歩的な出版社でどうして穏健なWさんが部長になったのか、わからないが、とにかく苦労が多かったに違いない。

あるきっかけで、私を知ると、実にやさしくはげましてくれる。ロクにものを書いたこともない人間をはげましてくれる。

ある月曜の朝、Wさんが訪ねてきた。手に自然薯《じねんじょ》をもっている。

「きのう一日、近くの山で芋掘りをしました。たくさんとりましたので、ご覧に入れたくなって、もってきました……」

　いつになく熱っぽく山芋掘りの話をするWさんの話を聞いていて、Wさんの淋しさを思った。

「すぐ折れるんですよ。折れないように掘り上げるのが骨ですが、それがまたたのしみなんです……」

　聞いていると、芋掘りが、執筆者を育てるのに通じるところがあるのだろうかと思って、しみじみした気持になる。

　私自身、折れやすい芋だったのかもしれない。それをWさんは、やさしく、ていねいに、掘り出そうとしている、と思ったら、なんとも言えない気持になった。大人の編集者にはじめて出会った気がした。

　菊池《きくち》寛《かん》が、〝編集者三十五歳〟を唱えたことは有名である。編集は若い人の仕事である。若い人はとかく自己中心的になりやすく、威張るつもりはなくても威張る。それを卒業すると、編集の仕事も終るのかもしれない。

Wさんは、その年齢をすぎてもなお、すぐれた編集者でありつづけた。稀有《けう》のことである。私はそういうWさんに掘り出された貧弱な山芋にすぎないが、掘り出した人の天分は疑うことがない。

Wさんは社内の思想的抗争の中で、つよい平常心、ぶれない判断力をもちつづけたのであろうと思う。

青くさくない、大人の心をもっていた珍しい例であると、いまも思っている。精神的なストレスがよほど大きかったのであろう。まだ若いのに、急逝してしまった。

未熟な教育者のおそろしさ

K中学校（旧制）には珍しく、寄宿舎があった。家が遠くて通学できない生徒が六十名くらいいた。

昼も夜も、教師の監督のもとで生活しているような寄宿舎生である。大小、さまざまな問題がおこる。そうすると、舎監《しゃかん》や校長の処置が難しいことになり、ときに生徒の一生を左右することになる。教師の責任は重く大きいが、それを自覚するのは例外的であるらしい。

あるとき、寄宿舎でビールを飲んだという事件がおこった。当時の中学にとっては重大犯？ である。全校教師が集まって犯人さがしに目の色を変えた。校長がもっとも熱心に犯人さがしに当ったのはすこし異常であった。この校長、博学多識で群を抜いていた。犯人さがしの中、理科の先生が奥さんの話を校長に伝えた。

かつて先生の隣りに住んでいて、いま寄宿舎にいるNが犯人だというのだ。そのすこし前に、大掃除に手伝いに来てほしい、お菓子をごちそうする、と言った奥さんにNはビールの方がいいと冗談を言った。結局はビールは飲まなかったが、それが報告されると、校長は即座にNを犯人と決めた。

父親が泣いて頼んで、海軍航空兵、予科練を受験するので退学を猶予《ゆうよ》してもらうことで一件、落着した。

Nはビールを飲んでいなかったのである。親しい友人にはそれを伝えたが、友人にはどうすることもできなかった。ワンマン校長はおそろしい。

Nはみごと難関を突破、りっぱな戦闘機操縦者になって南方洋上で戦死した。Nはやはり浮かばれなかったのであろう。親しかった友人の夢枕《ゆめまくら》に立った。その友人がことの次第を月刊誌のエッセイとして書いた。事件後、三十年は経っていた。

雑誌が出てしばらくすると、その親友が分厚い手紙を受け取った。ビールを飲んだのは自分だ。Nが犯人にされたので、申し出ることができなかった。ずっと悩んできた、というようなことが書いてあった。

何たることとか。Nの口惜しさは、どんなであったか。独善的処置がにくい。臨時のクラス会みたいなのを開いてNの冥福《めいふく》を祈った。

いちばんいけないのは校長である。勝手に思い込み、いくら、飲んでいないと言ってもまったく耳をかさなかった。

誤解するのはしかたがないが、一切聞く耳をもたないというのは、思い上りである。すぐれた、有力な教育者にこういう人がすくなくないようである。

人間として未熟であるものが教育をするのはおそろしいことだが、世間はそれを知らない。

権威をもっているもの、エリートであると自覚するものは、いつまでも幼稚な自己中心的な考えをすてることができない。

Ⅶ　大人の知性

広い世間を知るのが大人である

先生がバカであるおもしろさ

近年はあまり使われなくなったからであろう、〝先生と言われるほどの馬鹿でなし〟ということわざの意味がわからなくなっている。学校の先生などは、おもしろくない。そんなことわざのあることも認めない。

専門家にとっても、手ごわいらしく、明快な説明をしているものがすくない。

【1】先生とおだてられて得意になっている者を嘲笑《ちょうしょう》していう言葉。

【2】むやみに先生と呼ぶ風潮をたしなめる言葉。（岩波ことわざ辞典）

ではピンとこない。そういう意味だったらことわざにならないような気がする。別の含みがあるに違いない。

先生がバカだ、と言っているのがおもしろい。ずいぶん世間知らずだが、先生と言われるほど抜けてはいない。バカではない、と言っているのだ。

一般に、先生はえらい、ことになっているが、案外、バカである。こう見えても、こちらは、それほど、愚《おろ》かではない……。

先生は学問があって、知識も豊富。ふつうの人より賢くあるのが当然なのに、どういうわけか、バカなのである。その発見がおもしろさを衝《つ》いたことわざである。そう解すると、この句がいくらか、カッコウがつく。

先生は、専門家である。その仕事の範囲では、りっぱな力をもっているが、教室を離れると、常識にもかけるくらい、大人でなく、こどものように幼稚であることがすくなくない。その点からすれば先生はバカだと言ってよい。そういう庶民の辛《から》い見方がおもしろいのである。

〝役者バカ〟ということばがある。芝居にかけてはすぐれた才能をもち、すばらしい演技をするくせに、舞台を離れて、普通の生活になると、何もわからない。何もできない。こどものようになってしまうことが、しばしばおこって、役者が威張ったりすると、役者バカということばが飛び出す。

舞台の名優も、日常生活においては、すこしもすぐれてはいない。それどころか、常人以上に、非常識であったり、おかしなことをしたりするのを、辛い目で見るとバカと言いたくなる。

専門知識が勘違いさせる

役者や教師だけでなく、先生と言われるほどの人で、思わぬ幼さが露呈《ろてい》するということが、なぜおこるのか。人間の不思議なところである。

どうも専門知識のせいである。せまい分野に精通すると、天下を取ったように勘違いするかもしれないが、専門の外側のことはまるでわからないのである、ということである。本人にはわからない。
〝何でも知っているバカがいる〟（内田百閒）
〝学問の背景のあるバカほど始末の悪いものはない〟（菊池寛）
は、それをもっとはっきりさせたことばである。知識が多すぎると、人間、どうしても、賢くはなれない。知識をふりまわして威張るのが多くなる。
もともと、先生はバカ、なんかではない。人並み以上に勉強している。知識のない、少ないものをバカにして大きな顔をしている。学校の先生は教室へ入れば、大将である。自分は大したものだ、と思うことは、難しくないだろう。
出藍《しゅつらん》の誉《ほま》れということばがある。教えた生徒が先生よりりっぱな人間になることもあるが、それは、何年も先のこと。目の前にいる生徒はおそるるに足らず。いい気になって授業することができる。
ある大学の大先生が、卒業して、学校の教師になる学生に向けて、「一日に二時間、自分のための勉強をしなさい」と教えたそうである。一日に二時間くらい勉強しなくて、どうする、と思って卒業した学生は三十年しないうちに、ボロボロの老教師になった。バカだったのである。

先生と言われる人たちは仕事では、みんな一国一城の主（あるじ）のようになることができる。目に見える競争がないから、努力することもすくなくなる。

勉強していようと、怠けていようと、同じような月給をもらう。アクセクするのはバカげている。ゆっくりわが道を行こう。ときどき、ひと眠りも悪くない。カメではないが、生徒に追い抜かれる教師がいても、はっきり目に見えないから、先生は泰平である。

本気になって教え、本気になって勉強し、成果があらわれないのに悩み、健康を害する同僚がいると、バカ先生、要領がよくない、バカ正直だと、ひそかに批判する。

かつては、校長になりたい、せめて教頭になりたいと思う先生が多かったらしいが、だんだん、怠けものが多くなって、すすめられても管理職になりたがらない〝良心的〟教師がふえているらしい。

エスカレーターでバカになるなかれ

教師に限らず、専門職は序列が重じられる。後ろのものが、前を追い抜くことは、よくないことのように思われている。

エスカレーター人間になるのが専門職であり、先生である。乗ったところにじっと立っているのが作法である。乱暴な若ものは、横をかけ昇ることもできるが、よほど急ぐ用でもあれば別、ガタカタ音を立てて、エスカレーターを昇っていくのは、いくらか浅ましいのである。もちろん、階段を昇って行く人のあることも知らないわけではないが、せっかくあるエスカレーター。利用しないのは、正常ではない、などと考える。そうして、えらくなっていくという寸法。

エスカレーターに乗っていれば、前後に人のいることも忘れる。脇をかけ昇っていくのは変人だから目もくれない。

エスカレーターはいつも、本日は晴天ナリ。脚をうごかさずに昇り降りできるのだから、こんなありがたいモノはない。

エスカレーターに乗っていれば、転ぶことがない。じっとしていればいいのである。よけいなことをしないに限る。ボーッとしていればいい。遅いエスカレーターでも、本を読んでいる人はない。なにもしないで、威張っているのが、マナーである。

毎日、乗りつけているエスカレーターである。エスカレーターに乗っていることの自覚もあやしくなる。終りへ来て、びっくり、飛びおりたりすることもある。

世間が狭くなるのがいけない

専門エスカレーターに乗っていれば、同行者はない。友を得ることが難しい。知らない人と口をきくなど、考えもできないから、年とともに、世間が狭くなる。

自分のしていること以外は、なにもわからない。エスカレーター・バカは、世にあふれている。

苦労がないとバカになる。小さなエスカレーターの階段では苦労することができなくて、気軽でいいが、おかしくなることを忘れてはならない。

失敗をおそれる。

新しいことは危険である。

仕事も競争のはげしいのはおことわり。ひとのしないような小さなことを後生大事につつきまわしていると年をとるという具合になっている。

バカは自分のことしか考えない。ひとに対しても冷たい。批判的であって、自分だけが正しいと思っている。

ひとから悪く言われることがないから、本当に心を許す仲間をつくることができない。

その根源はどうやら学校教育にあるらしい。学校はエスカレーター機構である。知識の専門家を育てる。

いまのところ、コンピューターは先生バカの代用にならないから、当分、先生は栄える？

真似でなく、自分の頭で考えるのが大人である

模倣とはこどもの勉強法

人間は何もわからないで生まれてくる、と思っている人が多い。何からなにまで教えないといけないと思っているが、生まれたばかりでは、教えるにも教えようがない。病気にならぬように体を育てる。当分はものごとを教えたりすることはできない――そう考えて子育てをする。

六歳になれば、もうよかろうと、学校で教えることを始める。生きることを教えないのは、それは、家庭や保育所ですんでいることにしてしまっているからである。そ

の間、こどもの頭はずいぶん低下しているであろうが、それを気にする人がいないから、一切不明である。

こどもの勉強は、すべて、模倣である。本に書いてあることを覚えるのである。覚えるのは、真似ができたということである。

ものまねの下手な子は、覚えが悪い。テストをすれば、間違って、点数が悪い。頭が悪い、とされる。

こどもは、わけもわからず、ものまねの練習をする。よけいなことを考えたりすると、まじめにやれ、と叱られる。

学校というところは模倣練習場である。それは小学校から大学まで変らない。モノ真似、ヒト真似のうまいのが頭がいいとして優等生のお墨付《すみつ》きをもらって、世に時めくということになる。

真似のうまくないものは、頭が悪い、能力が低いときめつけられて一生、損をするのである。こどもはみな、モノ真似、知識習得に心をうばわれ、ほかのことは考えないようになる。

真似のうまいのは、よい点をとる。学力があるとなって、本人もすこし思い上る。小学生なら愛嬌だが、いい年をした大学生まで知識をうまくとり込めば、人間として向上するかのように錯覚する。そういう学生を教える教授がそうだから、やむを得ない。

知識をつけることはコンピューターでもできる

学校を出れば、一人前であるが、モノ真似練習しかしてこなかったのだから、仕事をする段になっても、ヒト真似しかできないのは是非もない。

みんな社員エスカレーターに乗って、どんどんエラクなっていくような錯覚におちいるが、まわりが同類だから心配することはない。それぞれ大きな顔して生きているのである。りっぱに一人前だと威張ることができて、この世はありがたいと喜ぶ、お人よしが社会を動かしているようになったのである。

そこへ、思いもかけないライヴァルがあらわれたのは、災難のようなものである。コンピューターが、学習力をもって情報を処理してみせる。人間など足もとにも及ばぬ能力を発揮し、人間の仕事をすこしずつだが、奪い始めたのである。

しかも、人工知能は人間の知能と違って、進化する。人間の頭はせいぜい進歩しかしない。人間が負けるのはいたしかたもないこと。囲碁の高段者が人工知能に負けたといっておどろいていられない。

知識を身につける、勉強する、などいかにも高級なことのように考えてきたが、人工知能が、こともなげに、知識をとり入れ、それを使って仕事をしてみせるようになると、人間のこれまでしてきた知的学習は、お株を奪われて、途方にくれることになる。すでに、コンピューターに奪われた仕事はかなり多くあり、就職が難しくなっているのもそのためである。

人工知能と比べて、人間の自然知能がもっている優位性は、コンピューターには、人間のような生活がないことである。したがって、経験というものをもっていないという点である。生活、経験がない人間はこどもである。人工知能もいまのところどちらも欠けているから、こども的であると言ってよい。

生活が大人をつくる

モノ真似でなく、自力で生きる生活力があれば、知識と技術のかたまりのような機械にやられっぱなしということはないはずである。

これまでの人間は、知識を生活よりも高級なように考えていたが、機械が知識を駆《く》使《し》するようになると、考えなおさなくてはならない。

知識によって仕事をすることに価値があったのは、知識を使って仕事をする機械が存在しなかったからである。人工知能があらわれた現代において、知識中心主義は反省しなくてはならない。

これまで、半ば忘れていた〝生活〟に着目したい。これには当分機械は近づくこともできないだろう。人間には長い生活の歴史がある。人間は生活があるから人間なのであって、生活のない人間、仕事は機械的である。血が通っていない。

長い期間、教育を受けていると、学校は生活停止の教育であるから、ほとんど生活を忘れてしまう。

そして、生活をバカにする。

知識を身につける学習は、記憶中心である。記憶には生活とのかかわりが希薄《きはく》であるからどうしても、生活を軽んじることになる。

こどもにとってもそれではいけないが、大人にとっては致命的である。いくら知識をふやしても、それだけで、賢明な人間になることは困難である。

生活は、たとえて言えば、実験のようなものである。やってみなくてはわからない。うまくいくとも限らない。失敗がつきもの。試行錯誤である。

成功すれば、もちろん、喜びだが、失敗も教えることがすくなくない。ときには偶然の発見をもたらすセレンディピティだってないわけではない。セレンディピティは、実験から直接、生まれるものではなく生活の中から飛び出してくるのである。

A級人間は試行錯誤する

セレンディピティが、失敗と隣り合わせであることがすくなくないが、生活から生まれる新しい発見は多く、失敗、間違いに、根ざしていることが多いように思われる。いくら本を読んでも、それだけでは、新しいものが生まれない。読めない、とか、読み違いをして、発見したこともないわけではない。

日本人の外国理解は不正確である。誤解がおびただしい。しかし、その誤解から新しいものが生まれなかったわけではない。

秀才、優等生には生活が乏しい。したがって機械的に正確である。その代り、個性的であることがすくなく、創造的であることはもっとすくない。A級の大人は、それに反して、静かに非常識であり、そっと発明したりする。

そしてそれを胸のうちにおさめて、口外しない。他方の機械的優等生、秀才は、誤解した知識を独創のように言いふらし権威になることができる。人工知能の進化はそういう知識人の命脈を断とうとしている。

知識を借りてきて、えらそうにしているのはB級人間である。自分の頭で、実験をし試行錯誤の苦労をおそれないのがA級人間である。

超優秀な人工知能があらわれて、これまで、その代りをつとめてきたB級人間は、自己改造を迫られているが、それに気づかず、古いうたをうたっている知識人、文化人がおびただしい。多数決の社会だからといってB級人間がこれ以上のさばったりしてはコトである。

切れば血の出る人間として、傷を受け、失敗を犯し、誤ったことを考えても、とにかく自己責任で生きて考える人間が求められる。

模倣は易《やす》く、失敗は難《かた》し。知識は安く、生活が貴重。

B級の優等生よりA級の劣等生の方がすぐれているのである。

矛盾しているのが大人である

こどもは夢を見て暮らす

幼いこどもは、たいてい、天真爛漫《てんしんらんまん》、可憐《かれん》である。学校へ行って勉強し、すこし知識が身につくころになると、童心を失って、悪くなる。人に食ってかかったり、仲間とケンカしたりすることを覚える。

おもしろくないことがあると徒党を組んで暴れる。反社会的であるのを純情であるように錯覚する。

すこし小説を読むと、文学青年を気取って霞《かすみ》を食って生きていくのを清純であると誤解する。文学が好きでないのは、哲学青年になり、哲学のおもしろくないのが芸術青年になり、エネルギーの余ったのが政治青年になってはねまわる。

みんな、生活から離脱して、半ば、夢を見ているのである。生きていくことなど考えないから楽天的でいられる。

世の中の景気がいいと、企業は、そういう浮世ばなれ、現実ばなれした若ものを採用してくれるから、生きることなど考える必要はない。なにもできないくせに、理屈だけは言うのである。エスカレーターに乗っているのに自力でえらくなっていくように考えるお人よしになる。

とっくに、若ものではなくなっているのに、大人にならないことを純粋だと思っている。こども的なのである。

大人になり切れないで、エスカレーターの終りまで行くのは、すこしも難しくない。そして、社会保障が不充分だと泣きごとを言うようになる。

学校教育は生きていくのに必要な知識を与えてくれるありがたい文化である。しかし、いつまでも、学校にいるのは、よくない。いつまでたっても、成長しない。こどもを抜け出せない。

こどもの間が、こどもらしいのはめでたいことだが、生きることをしないで、知識をもて遊んでいるのは人生の浪費であるかもしれない。そういうことを高学歴社会では心配しない。のん気に、こどもの天国で遊んでいられる。

実生活が知恵を教える

生まれた家庭が、こどもをいつまでも、こども天国に遊ばせてくれないと、それだけ早く浮世へ放り出される。

親の手伝いをすることになるかもしれない。

たいていの子にとって、親の仕事は魅力がない。自分なりのことがしたい。と言っても、はじめから、自分の仕事が始められるわけがないから、どこかへ勤めることになるけれども、サラリーマンになれるわけではない。

昔の言い方でいえば奉公人である。おもしろいわけがない。薄給である。遊ぶこともできない。

そして、とにかく、独立するだけの力をつける必要がある、と、志のある若ものは、心にきめる。

カネをためるのは、本を読んで知識をためるほど簡単ではない。苦労がある。いやな思いをしながらもしなくてはならないことがある。いちいち、「反対！」などと言っていれば、はたらく場所はなくなる。

我慢をする。ひとのことも、ちょっぴりだが考える。まわりをすべて敵にしたら人間、生きていかれない、ということを、実生活は無言で教えてくれる。そうして生きる知恵を、めいめいに身につける。

いい加減な仕事、いい加減な生き方をしていれば、いつまでも、知恵はつかず、大きなこどもにとどまる。

世の中が機械化されてきて、はたらくということも単純化してくる。レジをやっているだけで生きていかれるのはありがたいが、客になにひとつ言う必要もないから楽なものである。だんだん機械のような人間になっていくが、みんなが、そうだから心配はないと安心していられる。

売り手より、カネを払うお客の方が、えらいことを忘れる売り子が多くなる。何年たっても人間としての成長がない。

つまり、高学歴であろうと低学歴であろうと、いつまでたっても大人にならない人間になるところは変らない。

いつまでもこどもっぽい。

寝たきりのこどもがふえていないか

単純なのはいいが、知恵がないのはこまる。

自分のことはわからない。ひとのこともわからない。わずかの常識で生きていれば、年をとる前に老化する怖れは小さくない。大きなこどもは一足飛びに、若い老人になる。うっかりすると、寝たきりになる心配もある。


大人は一日にしてならず。

大人は学校では育たない。

生きる苦労で大人になれる。

その苦労が、きらわれものときている。

大人たること、まことに難しい。


大人であることが、よい、のではない。

大人は、天真爛漫の心を失っている。ずるいことを考える。うまく立ちまわることを考える。本心をかくして、うまく世渡りをするのである。

しかし、バカ正直である幼稚さは卒業している。競争していても、ケンカなどしない。仲よくやっていくように偽装する。本当のことを言っては角が立つなら、平気で、ウソを言う。喜怒哀楽を正直に面に出すのは未熟なのである。ケンカよりダマした方がいい、という危険なことも考える。ポーカー・フェイス、何を考えているのか、わからないのが、りっぱな大人なのである。

学歴社会は、大きなこどもの天下である。青くさい議論はできるが、うまい商売はできない。つとめ人は大きなこどもでもつとまるが、客商売は、大人でないと、つぶれてしまう。

うまく大人になることを、社会も個人も、もっと真剣になって考える必要がある。

大人とは矛盾している

大人の価値を認めるのは進んだ社会である。知識と理屈で生きていくのがエリートであると考えるのは、すこし、おくれている。

英語にsophisticateということばがある。ちょっと、わかりにくいことばである。辞書を見ると、二つの意味が直訳してある。形容詞形のsophisticalは、

①（単純でなくする）（良い意味で）（人、趣味などが）洗練されている。高度化する。
②（悪い意味で）（人、態度など）世間慣れしている。わるずれしている。

とある。

相反するニュアンスの二つの意味をもっているところがおもしろい。

大人は、ソフィスティケイト人間である。

世間ずれしている。純粋ではない。と同時に、洗練されていて、野暮、幼稚ではない。この二つの意味を兼ねるのが〝大人〟である。ひとすじ縄ではいかないところがミソ。

日本語にも、このソフィスティケイトに当ることばが生まれたところで、新しい大人が社会の中核的な存在になるのであろう。

【著者紹介】

外山滋比古（とやま　しげひこ）

1923年生まれ。評論家、エッセイスト。東京文理科大学卒。雑誌『英語青年』編集を経て、東京教育大学助教授、お茶の水女子大学教授などを歴任。専門の英文学のみならず、思考、日本語論などさまざまな分野で創造的な仕事を続け、その存在は、「知の巨人」と称される。著書に、『思考の整理学』（ちくま文庫）、『知的生活習慣』（ちくま新書）、『乱読のセレンディピティ』（扶桑社）、『50代から始める知的生活術』（だいわ文庫）などがある。

本物のおとな論
人生を豊かにする作法

二〇一六年九月二十二日　第一刷発行
二〇一九年一月十一日　第九刷発行

著　者＝外山《とやま》滋比古《しげひこ》
発行者＝下村のぶ子
発行所＝株式会社　海竜社
東京都中央区明石町十一の十五　〒一〇四―〇〇四四
電　話（〇三）三五四二―九六七一（代表）
ＦＡＸ（〇三）三五四一―五四八四
郵便振替口座＝〇〇一一〇―九―四四八八六
ホームページ＝http://www.kairyusha.co.jp
本文組版＝株式会社キャップス
印刷・製本所＝中央精版印刷株式会社
落丁本・乱丁本はお取り替えします。

ISBN978-4-7593-1480-9　C0095